Tucholsky   Wagner   Zola   Scott
Turgenev   Wallace   Fonatne Sydow   Freud   Schlegel
        Twain   Walther von der Vogelweide   Fouqué   Friedrich II. von Preußen
                 Weber   Freiligrath
Fechner   Weiße Rose   von Fallersleben   Kant   Ernst   Frey
         Fichte   Richthofen   Frommel
         Engels   Fielding   Hölderlin
  Fehrs   Faber   Flaubert Eichendorff Tacitus Dumas
         Maximilian I. von Habsburg Fock   Eliasberg   Ebner Eschenbach
  Feuerbach   Eliot   Zweig
              Ewald   Vergil
        Goethe   Elisabeth von Österreich   London
Mendelssohn   Balzac   Shakespeare   Dostojewski   Ganghofer
         Trackl   Lichtenberg   Rathenau   Doyle   Gjellerup
Mommsen   Stevenson   Tolstoi   Hambruch
         Thoma   Lenz   Hanrieder   Droste-Hülshoff
Dach   Verne   von Arnim   Hägele
         Reuter   Rousseau Hagen   Hauff   Humboldt
  Karrillon   Garschin   Hauptmann   Gautier
        Damaschke   Defoe   Hebbel   Baudelaire
                     Descartes   Hegel   Kussmaul Herder
Wolfram von Eschenbach   Schopenhauer   Rilke   George
  Bronner   Darwin   Dickens
              Melville   Grimm Jerome   Bebel   Proust
         Campe   Horváth   Aristoteles
Bismarck   Vigny   Barlach   Voltaire   Federer
              Gengenbach   Heine   Herodot
Storm   Casanova   Tersteegen   Grillparzer Georgy
         Chamberlain   Lessing   Langbein   Gilm
Brentano   Gryphius
Strachwitz   Claudius   Schiller   Lafontaine
        Katharina II. von Rußland   Bellamy Schilling Kralik Iffland Sokrates
                          Gerstäcker   Raabe   Gibbon   Tschechow
Löns   Hesse   Hoffmann   Gogol   Wilde   Vulpius
Luther   Heym   Hofmannsthal   Klee Hölty Morgenstern   Gleim
      Roth   Heyse   Klopstock   Puschkin Homer   Goedicke
Luxemburg   La Roche   Horaz   Mörike   Musil
  Machiavelli   Kierkegaard   Kraft   Kraus
Navarra Aurel   Musset   Lamprecht Kind   Kirchhoff Hugo   Moltke
  Nestroy Marie de France   Laotse   Ipsen   Liebknecht
  Nietzsche   Nansen   Ringelnatz
         Marx   Lassalle   Gorki   Klett   Leibniz
von Ossietzky   May   vom Stein Lawrence   Irving
Petalozzi   Knigge
      Platon   Pückler   Michelangelo   Kafka
  Sachs   Poe   Liebermann   Kock   Korolenko
  de Sade Praetorius   Mistral   Zetkin

Der Verlag tredition aus Hamburg veröffentlicht in der Reihe **TREDITION CLASSICS** Werke aus mehr als zwei Jahrtausenden. Diese waren zu einem Großteil vergriffen oder nur noch antiquarisch erhältlich.

Symbolfigur für **TREDITION CLASSICS** ist Johannes Gutenberg (1400 — 1468), der Erfinder des Buchdrucks mit Metalllettern und der Druckerpresse.

Mit der Buchreihe **TREDITION CLASSICS** verfolgt tredition das Ziel, tausende Klassiker der Weltliteratur verschiedener Sprachen wieder als gedruckte Bücher aufzulegen – und das weltweit!

Die Buchreihe dient zur Bewahrung der Literatur und Förderung der Kultur. Sie trägt so dazu bei, dass viele tausend Werke nicht in Vergessenheit geraten.

Minschen bi Hamborg rüm

Ludwig Frahm

Impressum

Autor: Ludwig Frahm
Umschlagkonzept: toepferschumann, Berlin

Verlag: tredition GmbH, Hamburg
ISBN: 978-3-8424-0734-3
Printed in Germany

Text der Originalausgabe

Ludwig Frahm

Minschen bi Hamborg rüm

Minschen bi Hamborg rüm

von

Ludwig Frahm

Richard Hermes Verlag / Hamborg

Torntüter.

Dar treckt sik twüschen Stadt un Land
En breedes, kunterbuntes Band.
Dar lopt noch Redders blang' de Straten,
Dar staht all Villas mank de Katen.
Welk Lüd snackt plattdütsch, annere geel,
Welk hust mit wenig, welk mit veel.
Man hört Maschin' un Dampers piepen,
Noch Leihen sing'n un Lünken jiepen.
Een söcht hier von sin Unruh Rast,
De Annere is en Schrullenknast.
Een will gesunne Kinner trecken,
De Annere hunnert Küken hecken.
Mal speelt se Krieg, doch meistens Freed
Un renkt as Lenken von en Keed;
Ja, renkt sik to en Keed as Lenken,
Dat givt den Philosoph to denken.

Von dit Slag Minschen geiht en Swarm
Dörch dit lütt Bok, den Spaß an'n Arm.
Von leege Tied un Dodenklocken
Kann jeder sik wat twüschenbrocken.

Inhalt

As ik toerst richtige Hambörger seeg...11

Poppenbüttler Markt...15

Dags vör Wiehnachten...19

De Feldschün...23

De Schriftsteller..27

Land, Land!...31

Wull-Swenn...37

De beiden Sünndagsjägers. 41

De Hülsenbuer. 45

De Heidjer...51

De Villa...55

Pingsten..61

Zigeuners. 67

De Alsterfischers...71

En Wiehnachtsfahrt. 77

De goden Nahwers..83

Dat grote Prieskegeln. 87

Mdam Maaß ehr beste Stuv...91

De linnen Kittel. 97

De Piepenkopp..101

Wat in dat Bok steiht.

As ik toerst richtige Hambörger seeg

Dat is lang' her, all öwer föftig Jahr. De Isenbahn von Hamborg nah Lübeck würr all but, awer se löp noch nich. Dorüm mutt dit Stück ok vöran stahn.

Wi harrn in uns' lüttes Dörp en lütten Buern, de heet Jürs. He harr man dree Köh. Awer de Lüd säden, he harr öwer teindusend Mark Geld op den Hövstohl, un wiel he uterdem heel neerig weer, kunn he liekers gemacklich leben.

He harr en wunnerschönen Gaarn, wo de Nachtfrost nich ankamen kunn. Dorüm harr he veertein Dag eher junge Kantüffeln as annere Lüd. Sin Sößweekenskantüffeln güng' em öwer alles. As ik rieklich tein Jahr old weer, frög he mi, ob ik mit em nah'n Hagen gahn wull. He schull dar veertig Pund Kantüffeln henbringen. Ik weer en löpschen, flinken Jung un freu mi as 'n Stint, as min Mudder ehr Jawort gev. Dat weer an'n achtteinsten Juni. Ganz fröh güngen wi los. Nahwer Jürs harr de Kantüffeln erst morgens utkreegen; denn se müssen ganz frisch sien.

He pack sik twee Hangelkörv vull, hak sik en Dracht öwer de Nack, so dat up jede Sied en Korf mit föftein Pund hüng'. Ik kreeg tein Pund in en witten linnen Quersack, dat mi fiev Pund vör un fiev Pund achter bummeln. Wenn se mi to swor würrn, kunn ik se je up de anner Schuller nehmen. De Kantüffeln weern as Eier in Hackels inpackt, dat se sik nich stöten kunn' un ansehnlich bleeven.

As wi en ganze Stunn' marschiert harrn, weern wi in Ahrensborg, un von dar harrn wi noch en lütte Halvstunn' bet nah'n Hagen.

In'n Hagen stünn' damals noch en grotes Försterhus, dat togliek en Weertshus weer. Dar keemen egentlich blot Hambörger, de en paar Stunn' Sünnschien un Waldduft geneeten wulln.

Hüt schulln veele Hambörger Herrn kamen, twintig oder mehr Wagens vull.

Hüt weer en groten Fierdag för de olen Hamborger Herrn. Se wulln hier in'n Hagen de Slacht bi Waterloo fiern.

Nahwer Jürs frög mi, ob ik all mal wat von de Slacht bi Waterloo hört harr.

Ik müß mi erst besinn'. Denn awer kunn ik mit Ja antworten. Ik harr sogar en Bild darvon. Dat harrn mi de preußschen Soldaten, as se vör twee Jahr bi uns in Quarteer leegen, geben. In de Slacht bi Waterloo harr Blücher un – i wie heet de anner man noch? wie heet dat Dörp man noch, wo Nahwer Hack Jäger worrn is?

Wellingsbüttel!

Na je, richtig, Wellington heet he, – wo Blücher un Wellington Napoleon slagen harrn.

De Sünn' schien so schön. De hogen Böken blinkern so grön. De Bokfinken flögen, de Spreen harrn dat so hild. Un dar eben in't Holt dröhn dat, as wenn man en Knüttelsticken up de Dischkant snarren lett. Dat weer en Specht.

Ik wull grad en beten neeger rangahn un em in't Handwark kieken, da keem de erste Wagen angerullt. De Förster, de ole Herr Schadendörp löp rut un mök sülben den Wagenslag von den groten Kaleschenwagen apen.

So'n Wagen harr ik noch nümmer sehn. So'n Peer gev't in uns' Dörp nich. De Kutscher seeg ut as en Offizier ut de Slacht bi Waterloo. Gegen den fülln de beiden olen Herrn, de nu utsteegen, förmlich weg. De eene ole Herr harr en glattes Gesicht. He harr Ähnlichkeit mit min' Großvadder. Awer he weer doch woll noch öller; denn he müß sik an en dicken Stock stütten. De annere Herr harr up jede Sied von dat Kinn en witten Bort. So'n Bort harr ik ok noch nümmer sehn. Beide harrn en hogen Hot up den Kopp, de een en swarten blanken, de anner en hellen griesen.

Nu keemen ümmer mehr Wagen, un ümmer ole Herrn steegen dar ut, so dat ik binah glövt harr, alle Hambörger weern old, wenn nich mennigmal en jungen Herrn, de awer meistens as Krückstock von en olen deen, oder en Dam dar mank west weer.

Un luter swarte un griese Höt keemen dar to Platz, un ik wull grad faststelln, ob de griese Hot ümmer to en griesen Bort un de swarte Hot to en glattes Gesicht hör oder umgekehrt, da keem en groten Wagen mit'n Verdeck an, dar seeten luter Muskanten in. De blasen so kräftig up ehr Tuthörner un Trompeten, dat von Spreen un Bokfinken, Droßeln un sogar von den Specht sin Timmern nix mehr to hörn weer. Dat weer rein, as wenn ik in de Märkenwelt ringeraden weer.

De ganze Platz vör dat Hus würr vull, un ik wüß nich, ob ik dar blieven oder utkniepen schull.

Da frög mi een von de Herrn, ob ik hier to Hus weer un Bescheed wüß, ob ik em de Ruinen von de ole Borg Hagen, deeper in't Holt rin, wiesen kunn.

Nee, dat kunn ik mit'n besten Willen nich. Awer dar weer en grötern Jung, de dar as Putzleputz rümleep, de kunn dat. Un so güng' ik denn ok mit, un toletz fünn' wi achter in't Holt grote Steen, de all mit Muß bewossen weern. Dar hett de ole Herr lang' an rümkeeken, kratzt un utmeeten mit sin' Handstock, un da güng' ik eben so klok, as ik kamen weer, wedder achteran.

As wi nah dat Weertshus torügg keemen, schull dat Eeten losgahn. Ik harr liebensgern sehn, wie Jürs sin langen Fröhkantüffeln von de Hambörger eeten würrn; awer ik dörv je nich rin in den Saal. Toletz awer bün ik doch rinkamen, as Jürs mi mit rinnehm un bi sik achter en lütten Disch henstell'. He harr nämlich mit den groten Kaffeeketel to dohn, den de lütten Kökschen nich böhrn kunn'. Up den annern Enn' von den Saal seeten de Muskanten un speeln Leeder un Märsche: »Du Schwert an meiner Linken«, »Lützows wilde Jagd«, »Vater, ich rufe dich«. Veele kenn' ik darvon. Aff un an, wenn en Stück ut weer, klopp een von de olen Herrn an't Glas, un denn höll he en Red, so fierlich, dat welke dat Taschendok bruken müssen, wenn en Nam nennt würr. Veel hev ik dar nich von verstahn, un besonners weer mi dat verwunnerlich, wenn an't Enn' von en Red en Nam nennt würr, un se denn all anstörrn un dreemal Hoch reepen. Uns' Scholmeister kunn ok god reden, un de Herr Paster up de Kanzel kunn dat binah en ganze Stunn' utholen; awer de Tohörers harrn nix mittosnacken un von »Hoch!« hev ik nümmer wat hört.

Toletz weer dat in'n Saal ut. Ik kreeg ok en Taß Kaffee un fiev Stücken Koken, un da möken Jürs un ik uns wedder up de Söcken.

De Hambörger wulln ok woll bilütten wedder afftrecken; denn ik seeg man, dat de een Herr Schadendörp de Hand geev, un hör dat he säd: Also wenn wi levt un gesund sünd, leewe Herr Schadendörp, dann seht wi uns an'n achteinten Oktober wedder.

As wi wedder ünnerwegs weern, frög ik Nahwer Jürs, ob he wüß, wat an'n achteinsten Oktober los weer.

»Ja,« sad he un smustergrien, »dat weet ik. Eenige Dag vörher ward de Timmerhörner Diek fischt, un denn wüllt se in'n Hagen Karpen eeten. Denn gah ik wedder hen un leever Gravensteiner Appeln un Speckbeeren, un wenn Ji mi de garnich anrögt, denn kannst du wedder mitgahn.«

Poppenbüttler Markt.

Rungholt ist reich und wird immer reicher,
Kein Korn mehr faßt selbst der größeste Speicher. –
Die Sänften tragen Syrer und Mohren
Mit Goldblech und Flitter in Nasen und Ohren. –
Auf allen Märkten, auf allen Gassen
Lärmende Leute, betrunkene Massen.

Disse Versen ut Liliencron sin Gedicht »Trutz, Blanke Hans!«
sünd mi ümmer infolln, wenn ik wat von't Poppenbüttler Markt
hört oder sehn hev. Wo man an den schönen Septemberdag, näm-
lich Mittwoch nah Maria ehr Geburt, in en Ort, mag sien, wer dat
will, henkeem, dar kreeg man keen annere Minschen to sehn as ole
Fruens mit Gicht in de Been oder Mannslüd, de nich von ehren
Posten kamen kunn' oder en annere Weltanglupung harrn. De an-
nern weern all' hen. Welke Straten in Hamborg un Altna schüllt, as
mi von en glovwürdigen Mann mal vertellt worden is, gänzlich as
utstorven west sien.

Up mehrere Plätz in Hamborg stünn' grote Wagens, halv so grot
as en gatlich Schipp, prat to de Afffahrt. Alle Straten nah Poppen-
büttel weern den ganzen Dag, von'n fröhen Morgen an, mit Min-
schen beseiht. Wenn man denn jemand frag': »Na, ok 'n beten to
Markt?«, denn kreeg man ümmer de Antwort: »Ja, dat is je man
eenmal in't Jahr, un man is dat so von Jugend an gewohnt worrn,
dat man dar nich fehlen dörvt.«

To köpen un to verköpen harrn man de wenigsten Minschen wat.
Swien-, Koh- un Peermarkt weern all to Middag lerrig. De paar
Schosters harrn to Middag utverkööft, de Küper weer sin Bütten un
Ammers los, un en paar annere Handwarkers harrn ok all to Hus
föhren un ehr Geld tellen kunnt.

Wat dar nah weer, dat weer »Rungholt«: Dree Tingeltangels, twee
Riederbahns, twee Luftschaukels, dree »Ossenköpp«, wo man sin
Knöv meeten kunn, veer »Jakobs ut Amerika«, de de armen Fruens
un Kinner dat Geld mit ehr billige War, de gar nich wahren wull, ut
de Tasch locken, dörtein Aaltelten, wo man nich blot de mit Öl

blankmakten Aal köpen, sünnern ok mit »unter die Sieben und über die Virrzehn« för en Nickel een' so grot as en Daumen gewinn' kunn, Kokenboden, wo brune, geele un witte Koken in jeden Gröt un Dickde to hebben weern, dat Hänsel un Gretel ehr Hex sik dar en lütten Pallast harr ut upbuen kunnt, Speelsaken in lange Baßars, Wagens vull Kokusnöt, Wiendruven un riepe Beeren, Scheettelten, wo man Kalkpiepen tweischeeten un wille Tiern de Ogen ut'n Kopp flitzen kunn, Smietbälle, Ringsmieten, Wahrseggers, twee Kaspers, een sogar mit lebennige Figuren, all' weern se dar. Un jede Telt un Bod harr eenen oder mehrere Utröpers un söch de annern to öwerdüven un to öwerdöveln. Ik hev mal mit den Dichter von dat Gedicht von »Trutz, Blanke Hans!« in Rahlstedt tosamseeten. As toveel üm uns snackt un wogt würr, dat wi gar keen Ruh tom Snacken harrn, steek he in dree Automaten in jeden en Groschen. Dat geev ok ungefähr so'n Larm aff as up't Poppenbüttler Markt.

Am dullsten höll dat up de Ohrn, bi de Akrobaten, de mit grote isern Kugels hantiern, bi de Herren von'n Hippodrom, vör de Telt, wo Riesendamen un Dwarkmannslüd, grote Slangen un en Swien mit söß Been to sehn weern.

Un disse Kraftproven von Minschenstimm', Trompeten, Becken, Bumstrummeln un Klocken ward utfogt dörch en halv Dutz Nudelkastens bi Morritaten-Biller un dörch de hunnert Kinner ehr Musikdinger, Fleuten, Holtknarren un Blickquarren.

Twüschen dissen Larm swevt un drängt sik nu de Dusende von Minschen up un dal, krüz un quer. So üm halvig Nahmiddag is de Glanzpunkt dar, denn kümmt een Wagen achter den annern an. De Strat is so vull, dat man dar nich röwer kamen kann. Ik hev ümmer de Hambörger Kutschers un ehr Peer mehr bewunnert as den ganzen Hippodrom, dat dar keen Minschen tweipeddt un toschannmahlt worrn sünd. All' de Schandarms sünd von wied un siet tosamropen, üm Ornung to holn. Awer ok de Muskanten ut de ganze Umgegend sünd tosamströmt, üm Danßmusik to lewern. In fiev Saals un twee Telten ward danßt. Hunnert Paar danßt oder schuvt, wenn't Gewog to dull ward. Alle Ogenblick is en Stück to Enn', un denn heet dat »'nsülben!« De Mann mit de holle Hand geiht stännig ümher un sammelt in.

De Danßsaal bugt sik ünner de Last von de Damen. Dar sünd veele twüschen, de dat mit en Tweehunnertpünner licht upnehmt. Wi hebbt de groten Brickwagens woll mit de Damen mit de groten Höt ankamen sehn. De Wagenfeddern leegen platt up de Assen.

Alle Wirtschaften un Krög sitt proppenvull Minschen. De Beerhahns staht nümmer still. De Fruenlüd an de Kaffeekeetels sünd rot as Indianers. Liekers klemmt sik noch de dicke Mann dörch, de Bräzel verköpen un de Deerns, de Pepermüntpletten utknobeln laten wüllt. Liekers weet de Vijolenstrieker mit sin Tamburin-Mamsell rintoslängeln, de Harfenrieters, de Okarinokünstlers un de Kinner un Halfstarken mit Ansichtskorten.

Up eenmal ward dat in eenen Saal still. En Dam fehlt de gollen Uhr, un as sik nu de Herrn üm ehr egen bekümmert, sünd noch mehr verswunn' un Geldbörsen darto. Dar ward snackt von en groten, eleganten Herrn un von en lütte swarte Dam. Awer de sünd narms to finn', un de Muskanten hebbt keen Tied: »'nsülven!« Noch is de Dag nich ganz verswunn', so flammt de ersten Papierlüchten up. De Ersten, de sik up'n Heimweg makt, sünd de Lahmen un Blinn', de mit ehrn Nudelkasten un Apen, witte Müs un teen nie Leeder för en Groschen an de Stieg huken. Se möt sehn, dat se mit en Fahrwark to Hus kamt. Nahher is dar keen Platz mehr. Dat Geschäft bringt ok nix mehr, denn dat Mitleid is blot dar, wenn annere Lüd dat Almosen seht. Uterdem ward dat gefährlich för lütt Lüd, denn dar kamt ümmer mehr, de Brallers, Bratschers un Dunekerl speelt. Ok ehrbare Lüd makt sik mit Kind un Kegel ut'n Stoff. Dusend Radlers sökt ehr Rad nah, welke fehlt un welke sünd verwesselt.

Hüt nimmt keen Minsch licht wat krumm. Wer nich en goden Schubs verdreegen kann un to grote Höhnerogen hett, mutt sik nich to Markt begeven. Liekers entsteiht hier un dar en Slägerie, so dat de Weert in Sorgen kümmt un de Polizei nog to stüern hett.

Wenn't ganz düster is, mutt jeder sehn, dat he in'n Lichtschien blivt, sünst kann he de schönsten Anfall beleven oder kriggt Ding' to sehn, wo een' de Haar bi krupen ward.

Mit Gesang un Gejohl treckt nu en Wagen nah den annern weg. Man will ja ok noch ünnerwegs mal inkieken. Binah in jedes Weertshus an de Hauptstraten ward ok noch Poppenbüttler Markt fiert. En ole Nahwer hett mi mennigmal vertellt, in von Essens Gaarn, de nu »Viktoria« in Barmbeck heet, harrn se morgens dat veele Sülwergeld in Mulln rutdragen.

Den annern Dag staht blot noch en paar Boden up den Platz. De Egendömers staht öwernächtigt ümher.

Veele Kinner sökt mank all' dat Papier, de Aalhüt un Zigarrenstummels nah Geld; denn de Nickels hebbt gestern bi veele Minschen loser in de Tasch seeten, as se sünst to dohn pleggt. –

Grad so as dat grote Undeert in't Weltmeer dörch eenen Slag mit sin' Steert Rungholt versacken leet, so hett dat annere Undeert, de Krieg, mit sin Gewalt dat Poppenbüttler Markt de Luft affkneepen, un wi schüllt raden, ob dat jemals wedder up de Been kümmt.

Dags vör Wiehnachten.

Witt as Kriet un week as Wull liggt de Snee up Gaarn un Feld, hukt he up jedes Dack un ritt he up alle Telgen.

De hölten Frost hett dat Regiment afftreden müßt. Man hört keen Wagen mehr rullen, keen Breder mehr ballern, keen Steen mehr knacken. De weeke Snee fangt dat all' up.

Man kriggt mal wedder to sehn, dat de Minschen up de Welt doch man bannig wenig to seggen hebbt. De Dörper un sogar de Örter üm de Stadt sünd lütter worrn. Dat Land is wedder dicht an de Hüser krapen.

Wenn de Rok nich so flietig ut de Schosteens piel in'n Heven tohöch steeg, denn müch man glöven, de Minschen leegen ok in'n Winterslap.

Dat is morgens noch teemlich fröh, un doch sünd all en paar Minschen up de Strat begäng'. Se paßt hütmorget slecht in dat Stratenbild; se sünd ganz swart, up un dup.

Twee Schosteenfegers sünd't. Se wüllt noch flink vör Wiehnachten un Niejahr, wo in alle Hüs so veel sadt un bradt, so veel kakt un makt ward, de letzten Schosteens fegen, dat keen Brand darin entsteiht.

Min Nahwer seggt, dat is garnich andem; denn se kamt ut de meisten Hüs glick wedder rut, de een up de rechte, de anner up de linke Siet von de Strat, grad as en paar Bettlers. Se wüllt blot to't Fest gratuleern un ehr Geschenk affhaln.

Nu sünd se ok all üm de Bucht verswunn'. Up eenmal klingt Musik nerrn von de Strat her: »Stille Nacht, heilige Nacht«.

Dat sünd de veer Stratenmuskanten, de sik ok sünst jeden Middeweeken intostelln pleggt un darför sorgt, dat ok de, de sünst nich veel üm de Göttin Polyhymnia ehr Kunst gevt, mit de niesten »Slagers« bekannt ward, – awer ditmal klingt ehr Vördrag fierlicher un mit en richtigen Zislaweng.

Mennigmal ward dat Spill awer dünner; denn sünd twee von de Maten in de Porten un Dören gahn, üm den Lohn för de Kunst intotrecken.

An dissen Dag lohnt dat denn ok binah luter Nickel; dat is, as wenn dat Koppergeld ut'n Kurs kamen is.

Von günt, ut'n Lann her treckt en Wagen heran. Hoch is he mit Dannböm beladen. Dat Geschäft mit Wiehnachtsböm hett god gahn. Gestern Abend hebbt se rein utverköfft. Nu sünd se all in de Nacht losföhrt, hebbt noch en Ladung halt, üm ok de letzten Köpers noch to versorgen. Kiek, wat de beiden lütten Grönhöker-Peer pust un dampt! Stadt un Land reckt sik in gode Tieden ümmer fründlich de Hand. Un so treckt denn von de Stadtsied en Wagen an, blau anstreeken un mit grote Körf beladen. In de Stadt sünd dit Jahr Karpen in Owerflot. De Herrschaften schient sik all för Wiehnachen indeckt to hebben. Dar is gestern nich veel mehr köfft worrn. So sünd denn disse beiden fleegenden Fischhändler up den Gedanken kamen, de Butenminschen ok mit Karpen to versorgen. Ümmer leben un leben laten! Dat se hier buten tein Penn' för't Pund mehr nehmt as in de Stadt, fallt wieder nich up; dat is je man eenmal Wiehnachtenabend.

Den ganzen Vörmiddag is dat Jungvolk ünnerwegs. Alle Kramerladens sünd vull. Wat man jichens losbüren kann, is up de Söcken, hier en Pund Zucker, dar en Pund Ries to haln. Denn hüt givt dat öwerall en lütte Togav, gewöhnlich en brunen Koken. Se weet ok ganz genau, wer de grötsten un besten hett, un nah den ward woll twee- oder dreemal schickt, wenn mehr von dat Lüttvolk in't Hus sünd.

Blot nah den olen Giez-Andrees wüllt se nich gern hen. De givt blot en Billerbagen von Gustav Kühn ut Nie-Ruppin, un den hett he ok noch in de Mitt dörchsneeden, dat em dat nich so dull in de Papiern ritt. Wenn dit Schicksal nu en Geschicht von Ritter Blaubart oder Genoveva bedröpt, denn is dat leeg un slimm. Denn möt de Lütten so lang' Gedür hebben, bet de Schol wedder anfangt, dat se sik von en Schicksalsgenossen den Anfang oder den Sluß rantuschen künnt.

Nanu? Twee Kerls mit grote Packens. Wedder schütt de een rechts, de annere links in de Hüser. Se vertellt de Lüd, dat ehr Geschäft mit Tüg un Linn' wegen de slechte Tied ditmal heel slecht gahn hett. Sofort nah Niejahr möt se Bankerott maken. Nu wüllt se noch flink den Rest ünner'n Pries losslagen, eher he ünner'n Hamer kümmt. Un wiel mennig Husfru hüt en mitleidig Hart hett, un mennig Mann noch en Büx oder 'n ganzen Antog bruken kann, so bed't se slankweg de Hälfte von dat, wat fördert ward un hebbt denn den Kram an'n Hals.

De Dag is bald rüm, Klock veer fangt dat all an to schummern. De ersten Schüß fallt. Denn wer von de jungen Kerls en Scheetdings hett, de söcht dat ut de Eck un ballert bi den Nahwer achter't Finster. De Jungs füert ut en Slötel, wo se en Lock infielt hebbt, so dat de Dokter noch en paar Fingern to flicken hett. Dat is denn en »Bescherung« up besonnere Art.

De Finstern ward hell. Dörch veele Gardinen schimmert de Dannbömlichter. Bi jedes Hus givt dat en annern Geruch. Hier rükt dat nah Ossenogen un Kaffee, dar nah Kohl un Swienskopp un Rum, up en drütte Stell nah Karpen, Botter un Ananasbohl. So dat man binah mit sin' Rüker faststelln kann, ob dar en Riekmann oder en Lüttmann, en Stadtminsch oder jemand wahnt, den sin Weeg up'n Lann' stahn hett, so dat he sik an dissen Abend noch mal wedder an de ole Heimat, an Öllernhus, an Moderwies un Vaderart erinnern will.

De Feldschün.

Ganz alleen up en schöne, grote Hafkoppel liggt en Schün. Se heet de Feldschün. Vör veele Jahren is se dat Deelenenn' von en grotes, langes Buerhus west. Awer dat Buerhus ist affbraken worrn, wiel de Stell to en Hoff kamen is. De nie Herr hett de eene Hälft affbreeken laten un wiel Stänner un Balken noch ut dat beste Eekenholt timmert weern, in't Feld upstellen laten. Wenn de Harvstwind üm dat Strohdack sust, wenn de Balken un Sporen knackt, denn vertellt sich dat ole Holt von de goden Tieden, von de flietigen Minschen, de üm un ünner ehr husten.

Nu is keen Wahnung för Minschen in ehr bleeven, nich mal en Tier wahnt dar, as höchstens mal in'n Winter en Ilk. En Ulenpaar frielich hust dar ümmer, dar is ehr Hochborg, von wo ut se de Feldpolizei öwer de Müs' utövt un darför sorgt, dat nich all' de lütten Hasen grot ward un de Vagels nich Öwerhand nehmt. De Feldschün hett keen Finster un keen Luk. Wenn dar Heu inföhrt oder affdöschtes Roggenstroh lagert ward, denn stellt de Daglöhners beide Grotdörn apen, föhrt mit dat vulle Föder up een Enn' rin un lerrig ut dat annere wedder rut.

Liekers mögt de Minschen abends un nachts nich gern alleen an de Feldschün vörbi gahn. Denn se ward doch bewahnt.

Bi en Grotstadt rüm givt dat veele Minschen, de nich licht en Harbarg finnen künnt oder wüllt, de jahrut, jahrin as Beduinen in de Wüst sik en Slapplatz sökt, de nix kost un wo keen Polizei nah ehr Papieren fragt. För de is de Feldschün de Pracher-Heimat. Wenn de Muermann de Tafeln in de Wänn' ok noch so fast muert hett, de scharpen Ogen finnt doch bald en Steen, de sik rögen lett un de noch so olen, krummen Fingern wrackelt so lang', bet se en Lock braken hebbt, wo se hendörchkrupen künnt.

De Ersten, de sik intostelln pleggt. dat sünd Kastor un Pollux, en paar affgefeimte Gauners in de besten Jahren. Se hebbt all nahmiddags so veel verdeent, dat se Brot un jeder en groten Buttel vull Köm köpen kunn'. Wenn se ehr Mahltied dahn hebbt, denn leggt se sik mit ehrn Tröster in't Stroh.

Kastor un Pollux sünd de Wohldhyänen. All fröh, besonners an'n Sünndagmorgen, stellt se sik hart an'n Stieg achter en dicken Bom. Kamt denn de ersten Hambörger, so ward ehr mit eenmal en Hot mit en heel fründliche Inladung ünner de Ogen holn, sik mit en lütte Gav lostoköpen. Wer dat deiht, de kriggt nich blot en Dank, nee, ok noch Gotts Segen mit up den Weg. Wer awer en Bagen makt un sik vörbi slengeln will, de löpt den Broder up de anner Siet vor den Stieg in'n Rachen, un de lett all so von ungefähr den eeken Knüppel up de Eer danßen, un dat hett denn gewöhnlich den besten Erfolg. –

Nahsten langt in de Feldschün de Schoster an. De sett sik denn an de Dör oder an de warme Wand hen un flickt bi Sünn'ünnergang noch Schoh un Steweln, all' von de »Kundschop«. He lett sik god betahln. He hett keen faste Pries; he schätzt sin Lüd nah ehrn Verdeenst in; ünner tein Prozent pleggt he dat nich to dohn.

Bilütten kamt Jeremias, denn he is ümmer untofreden mit de Welt un singt von ehr nix anners as Klagleeder, de Berliner Jung, Rübezahl, de Musikkapell, de Weisen ut Morgenland, Madam »von« un wie se all' heet.

Erst tämlich lat kümmt de »Königin von de Nacht«. Se heet sünst de »rode Anna«. Se föhrt dat Regiment in de Feldschün, un dar is kum Eener, de sik nich ünner ehrn Zepter bögt.

Se stellt toerst fast, wat se disse Nacht för Gäst hett. De meisten kennt se. Finnt se awer en Nien, so ward he erst gehörig utfragt, ob he ok zünftig is, ob he de Gesellschop ok gefährlich warrn kann.

Denn mutt jeder sin Rietsticken, Zigarrn un Piepen bi ehr up en Brett leggen. Se dullt keen Füer un Licht.

De Dunen un Halvdunen möt ok ehr Messer un ehrn Knüppel affgeven.

Da de Feldschün man twintig Schritt von den Weg affliggt, so dörft keen Minsch lut spreeken. De meisten sünd ok möd un mör. Awer enige hebbt doch dat Bedürfnis, sik wat to vertelln. Se klöhnt von dat Dagwark, von besonners gode Lüd, von grote Unfälle. Un disse Geschichten sünd veel bunter as de schönsten Romans. Blot von een Deel snackt se nich: de Tied vör ehr Wannerleben kümmt mit keen Wort tom Vörschien.

De Nachtkönigin is ok Dokter un Aptheker in een Person. Is jemand krank, so weet se em oftmals wedder bet tom annern Morgen up de Strümp to bringen. Se hett in ehrn Büdel en Kasten, dar sünd Plasters un Pilln, Druppen un Mixturen in, de god wirkt.

In de Feldschün herrscht en christliche Weltornung. Dar ward nich lagen un bedragen. Wer mit sowat de annern ünner de Ogen geiht, de ward utslaten, un dat is leeger, as wenn sünst en Minsch ünnerdörch kümmt. Dar herrscht Gerechtigkeit. Keener dörft den annern in't Handwark fuschen. Dat Glückskind mutt an den Armen wat affgeben. Kümmt en to junges Minschenkind to Fall un nah disse Sellschop rin, so ward söcht, em wedder in de Bahn to bringen. Denn erstens is dat ehrliche Leben doch beter, tweetens awer will man doch nich so veel von Sinesglieken hebben, veel Swien makt den Drank dünn'.

Malins möken sik dree junge Bengels aff, as se to lang in'n Krog seeten un sik Mot randrunken harrn, se wulln de Feldschün mal »revidiern«.

En paar Soldatenmützen un en Helm, ok Mantels un en Scheetding kreegen se licht tosam, un da stewelen se sik los. De Dör bröken se licht apen, un da füll' dat Licht von ehr Lantern up de Sleepers un up de Köpp de öwerall ut dat Stroh to Platz keemen.

Da sprüng' de Nachtkönigin up as en wille Katt un Rübezahl reed mit sin deepe Stimm as en Preester von de Kanzel up ehr in, se schulln to Hus un to Bett gahn un sik nich üm ehrliche Lüd, de Schippbruch in'n Leben leeden harrn, kümmern.

»Wenn Ji nich sofort gaht, denn bün ik morgen fröh bi In Mudder un vertell' dat!« reep de Königin un Rübezahl schick ehr noch en paar Biwelsprüch nah.

Hiem-Hannes, de en heel kranke Boß harr, müß toletz sin Leben in de Feldschün besluten. As he gegen Morgen inslapen weer, nöhmen de annern fiev mit bloten Kopp Affscheed von em un möken sik fröh vör Dau un Dak uten Stoff.

Gegen Klock neegen, as twee Mann up de Koppel plögen, keem een von de Kameraden wedder ankrupen, löp awer flink wedder rut un vertell de Plögers, he harr sik in de Schün en beeten upwarm' wullt; awer he glöv, dar leeg en doden Minschen.

Un richtig, se fünn' Hiem-Hannes dod. Sin Korf mit Snörbänner un Seep, Knöp un Tweern stünn' bi em. So keem he to en ehrlich Begräbnis, un sin Nahlat würr eenes Sünndags in'n Krog an Katenlüd verköfft.

Bilütten sünd ok de annern Stammgäst verswunn'. De grote Fründ hett mit de Olen uprümt un nerrn in't Dörp hett en Mann mit en blanken Hot sik vör Anker leggt, de dat Upduken von de Jungen nich dullt.

De ole Sünn' awer wunnert sik mennigmal, dat dar keen Minsch mehr von de veelsprakige Sellschop nah de Feldschün wankt, wenn dar nerrn von Hamborg her de Abendklocken klingt un de veelen Dampstimm' tut un schrillt.

De Schriftsteller.

In min jungen Jahren harr ik en goden Nahwer, en richtig praktischen Minschen in't gewöhnliche Leben, de säd ümmer, wenn wi Kinner Geschichten lesen oder Gedichte buten Kopp lehrten, he lees keen Geschichten un Gedichte; denn wat de Schriftstellers un Dichters schreewen, dat weer all' nich wahr.

Ik awer segg, Schriftstellers un Dichters möt ok sien. Se sett mennig Sak erst de Kron up un leggt mennigen Minschen erst Smolt üm den Kragen.

Besonners in en grote Stadt un ok in de groten Örter üm de Stadt, de mennigmal noch gröter sien wüllt, as se all sünd, denn se hebbt nich blot en Gesangverein, en Turnverein, nee, ok en Theaterklub, en Bildungs-, Geselligkeits-, Ünnerholungs- un Literarischen Verein.

Un för disse Vereins is so'n Mann, as ik nu kort beschriewen will, garnich to entbehren.

Eenes schönen Dags fünn' ik up min' Schrievdisch en Breef, ik müch all', wat ik von uns' Gegend wüß, opschriewen, all' de Ansichtspostkorten upköpen un em toschicken, he schull en Upsatz öwer de Alstergegend schrieven un müß de nödigen Ünnerlagen darto hebben.

Ik harr damals all den Grundsatz, dat min kostbarstes God de Tied is, un den tweeten, dat man dat, wat man weggev, los weer.

As ik awer bald darup eenes schönen Dags dörch den Ort keem, wo de Mann wahn, dach ik: Nu geihst ut Spaß mal bi em vör un föhlst em mal up de »Tähn«.

Klingelingeling.

En Mäten erschien un vertell mi, dat de Herr sik wegen veele Arbeit garnich stören laten kunn. Wer ik denn weer un wat ik wull.

So rück ik denn mit min Kort rut un harr dat Glück, dat mi de Dör to en lütten Saal apen makt würr.

Vör't Finster an en groten Schrievdisch dreih sik en grote Herr up en Sessel üm, dat dat fürchterlich knarr, stünn' up, keem up mi to un gev mi de Hand.

250 Pund, nee, dat sleiht nich an, dach ik bi mi, 270 möt dat wenigstens sien. De Rump steek in en griese Jopp. De seeg ut as en Zebrafell, blot mit den Ünnerscheed, dat hier de swarten Streifen nich öwern Puckel leepen sünnern öwer Bost un Buk. Jedesmal wenn he utschreven harr, streek he de Fedder quer öwer dat Tüg aff. Up den dicken Hals seet en Riesenkopp mit bald luernde, bald herrschsüchtige Ogen, un up den Kopp wüß en Gewirr von Haarsträng', de Absalom sin wied in'n Schatten stelln.

Alles weer grot bi em, de Fedderhalter, de Zigarr, de Aschbeker, dat Dintenfatt, am grötsten weer sin Bibliothek. En paar Dusend Bänn stünn' rund in den Saal rüm.

Na, he füng' denn nu an, mi Honnig üm den Bort to smeeren. He harr all' min Böker un Schriften un wüß, dat in de Lanns- un Volkskunn' keen Minsch beter Bescheed wüß as ik, un so kunn ik em woll licht den lütten Gefallen dohn un em de wichtigsten Notizen öwer de Alstergegend maken. Min Schaden schull dat ok nich sien, un he schöv mi en Twintigmarkstück hen.

Ik schöv dat awer wedder torügg un säd: »Aber, Herr Schipper, Sie müßten doch unsre Gegend selber in Augenschein nehmen?«

»O nein, mein Lieber, das kann ich nicht. Ich habe den Artikel für die Zeitschrift Soundso übernommen und muß ihn nun in vier Wochen liefern. Außerdem arbeite ich einen über Seidenraupenzucht, einen über die Bernsteinfischerei, einen über die prähistorischen Funde am Danewerk; ferner habe ich drei Berichte über Kriegervereine, sechs über die Feuerwehren, fünf über Milchwirtschaft unsers Kreises zu liefern; zum Frühjahr muß ich drei neue Führer fertig haben und die neuen Auflagen der elf erschienenen ergänzen. Von meinen Lieblingsstudien in der Heimatgeschichte (augenblicklich beschäftige ich mich mit den goldenen Hörnern Tonderns) und dem heutigen Stand der plattdeutschen Dichtung will ich ganz schweigen.«

Ik dach un säd blot noch: Oha!

Nu wüß ich ja ok, dat he so'n groten Kopp notwennig bruken muß.

»Schlagen Sie ein!« reep he un wies nah de Lorbeerkränß, Eeken-kränß, vergoldte un versülwerten Pokale, Schiller, Diplome, Schär-pen, Albums, de baben de Bökerschränk hüngen un stünn', »dann werden Sie es mit der Zeit auch vielleicht so weit bringen wie ich.«

Ik slög awer nich in. Da würr sin Sprak hart un kold, un ik schöv mi wedder ut de Dör rut.

In den Sommer darup keem ik mit en Fründ nah en Fahnenweih bi en nien Kriegerverein. Herr Schipper höl de Festred un beherrsch mit sin gewaltige Stimm' den groten Platz. Een grotes Wort jag' dat annere, Recht und Freiheit, Machtfülle des Deutschen Reichs, der deutsche Gedanke in der Welt, Ahnentugend, Völkerfrühling, zu bleibendem Gedächtnis, Ansporn für kommende Geschlechter, dat sünd so de Slagers, de mi noch in de Isenbahn in'n Kopp rümwir-beln.

Dat Kriegerfest, hett mi nahher en Ogentüg vertellt, harr den Herrn Schipper mehr as dusend Mark inbröcht. Denn de Herrn Hofbesitters von wied un siet harrn sik man so üm em reeten. So'n Stücker söß Festreden, ebenso veel gedichtete Prologe to sülwern Hochtieden, Gedenkfeste un Inweihungen harr he ut luter Gefällig-keit öwernahmen. Mit de Festzeitung to en landwirtschaftliche Ut-stellung un den Geschäftsbericht öwer de Füerwehr in en ganzen Kreis weer he beupdragt worrn. Veele Börgers ut de Örter harrn em inladen, ehrn Bedriev, ehr Fabrik in Ogenschien to nehmen un denn en lütten Satz daröwer in de Zeitungen lostolaten.

Endlich keem sin föftigste Geburtsdag. Darto wulln sik sin Frünn' un Gönners doch nich nehmen laten, em gründlich to ehren un to beschenken. Wat Landwirtschaft, Vehtucht, Jagd un Fischerie bütt, dat würr em dörch Wagen un Drägers in't Hus bröcht: Botter un Brot, Eier un Schinken, Gös un Aanten, Hasen un Fasanen, Karpen un Forellen würrn em in't Hus sleept. Industrie un Hannel stiften em Tabak un Zigarren, Wien un Rum, grote Papierballen, en Schrievmaschien, Reistaschen, Taschendöker un Taschenmesser, Flinten un Angeln. De Saal mit twee lange Dischreegen verwannel sik in en Warenlager.

.

Den Trumf bi dit Fest wull awer de Theaterverein »Spijök« ut-
speeln. Disse Verein harr sin Lebensupgav darin, de olen Hans-
wuststücke wedder upleben to laten. De Stücken weern all' von den
Herrn Schipper schreeven un würrn bi Vullmaand in den Krog
»Tom Störtebeker« upföhrt. Genog, se keemen toletz to den Entsluß,
se wulln ehrn Direkter en grotes Ölbild schenken, wo he as grötste
dütsche Dichter tom Utdruck keem. In de Mitt an en vullbesetten
Disch mit Wien un anner Gedränk schull Herr Schipper as Öwer-
minsch sitten, Goethe un Schiller as en Kopp lütter em to rechter un
linker Hand. Schipper hett ut luter Wehldag un Undög sin Arms
üm de beiden Dichters ehrn Hals leggt un trummelt mit sin dicken
Wustfingern den Takt to dat Leed »Freude, schöner Götterfunken«
up ehr Schullern. De annern Dischgenossen sünd de Hauptstütten
von den »Spijök«. Lang' kunn' se keen Maler finn', de sin' Pinsel to
den Pijatzenkram hergeben wull. Toletz dröpen se doch en affbra-
ken Talent, dat sik de veerhunnert Mark, de dar för utsett weern,
verdeen' wull. Dat Bild würr farrig, mit en dicken Goldrahm ver-
sehn un bi dat Fest ganz toletz, as de Haupttoost all fulln weer un
de Wien rode Backen strakel, in den Saal dragen. Da hett Herr
Schipper sin Stimm' bewert un he hett de Stifters so warm de Hänn'
drückt, dat ehr Fingern knacken.

Leider hett dat Bild de Wand nich lang' innahmen. De Kramp is
in en störmige Novembernacht utreeten un dat Bild is dalslagen up
en Disch, wo en grote Glasschal stünn'. De Splitters hebbt de Ge-
sichter von Schiller, Goethe un ok von Herrn Schipper tweireeten,
dat se nich mehr to kenn' weern. Herr Schipper hett dat ok nich heel
lang' mehr makt, erst kreeg he de Gicht un nahher den Slag.

Up sin' Graffsteen stünn': Kurz un ruhmreich war sein Leben. Bö-
se Hänn' hebbt in dissen Satz dat eenzige h wegkratzt.

Land, Land!

In »Stadt Hamborg« güng' dat hüt hild her. So veel Minschen löpen dar nich mal tosam, wenn in'n Ort Markt affholn würr. Vör de Wirtschaft stöt fiev Weeg tosam, awer up jeden seeg man noch Herren to Fot un to Wagen ankamen.

De Dörchfahrt höll vull von Wagen; de Stall stünn' all vull von Peer, un de Husknecht un en Daglöhner müssen se all so fast tosamstelln, dat se dat Kriesen un Slagen kreegen. Twee grote Gaststuven weern proppenvull von Minschen. Fruenslüd' weern man en paar mitmank.

As de letzte Slag von Klock veer verklung' weer, würr dat still, heel still.

En grote Herr tred vör un förder de ganze Gesellschaft up, mit em in den Saal to kamen. Dar weert ok schön warm.

In'n Saal weern twee Reegen Dischen sett, mit Stöhl darbi, dat jeder bequem sitten kunn. Denn dat Geschäft, wat hüt vör sik gahn schull, kunn stunnlang duern: hüt schull de grote Hegersche Buerstell stückwies verköfft warrn. Utslachten nennt man dat un parzellieren.

De ole Heger weer all vör dree Jahr storben, nu weer sin Fru em vör en Jahr nahfolgt. En ganzes Jahr harrn sik de Arven mit frömde Lüd up de tachentig Tunn' Land rümplagt un weern endlich to den Entsluß kamen, den ganzen Kram to verköpen un dat Kaptal to deeln; denn keem nüms to kort. –

Baben in'n Saal, twüschen de beiden langen Dischreegen stünn' wedder en grote Disch, un daran seeten fief Herren: de beiden Maklers Heinshardt un Mienke, en Firma, de vör en paar Jahr in Nacht un Newel as Sandbänk ut dat Wattenmeer updukt weer, nu awer as Pick un Swewel tosamhüll, de Utröper Stotterhusen, un de Avkat Swintewitz mit sin' Schriewer, den sin Nam wi hier nich to weeten brukt.

De Utröper stünn' wedder up, dreih de grote Klingel un mök de Versammlung klar, üm wat sik dat hanneln däd un verles en Dutzend Sätz ut de Bestimmungen.

Dat Land schull koppelwies nah Tunnentall meistbeidend verköfft warrn. Mit tein Mark kunn man blot öwerbeeden.

»Un nu,« röp he den Weert to, de an de Schenk stünn', »nu lat uns erstmal Sprakwater kriegen.«

Wat dat denn sien schull?

Natürlich Grog, awer en richtigen Mannsgrog, denn dat weer ja in'n Winter. Wer leewer Beer wull, kunn ok Beer drinken.

Tein Minuten lang störten twee swartsniepelte Kellner rin un rut, as wenn en Peerbänniger ut'n Zirkus mit en grote Sweep achter ehr weer.

Nu güng't los.

»Toerst kümmt de lütte Moorflag, annerthalv Tunn' grot. Dar kann noch fövtig Jahr Torf gravt warrn. Wat schall ik darför hebben?«

»Föftig Mark.«

»Sößtig Mark.«

»Tachentig Mark.«

»Un tein Mark.«

»Hunnert Mark.«

»Hunnert Mark tom Ersten – tom Tweeten – un tom Drütten! Wer hett dat?«

»Jochen Dittmann.«

»De grote Moorflag, twee un'n Drüttel Tunn', wer bütt mehr as hunnert Mark?«

»Hunnertuntwintig Mark.«

»So is't recht, hunnertuntwintig Mark tom Ersten, – Tweeten – un Drütten!« –

»De Heidkoppel, acht Tunn'.«

Mit sößhunnert Mark seet Franz Dawelsteen an de Kosten.

»De Beekkoppel, en heel schönes Stück Land för Duerweid, neegen Tunn' grot.«

Mit fievhunnert Mark füng' jemand an; awer dat duer nich lang', so weern se nah dusend Mark rup.

Twee ole Buern seeten tosam un wunnern sik, dat de Koppel neegendusend Mark kosten kunn. Dar harr man vör dörtig Jahr en ganze Tweepeerstell för köpen kunnt, wie jemand dar noch up buern kunn, un wie Hinnerk Stolten, de Köper dat Geld kriegen wull, wiel he doch keen' Daler darto harr.

Mit dusend Mark schien de Buern ehr Mot in de Wicken gahn to sien; se sweegen still un leeten de Stadtminschen sik öwerbeeden.

Dicht bi de Stadt is keen Land mehr to kriegen; se möt wieder rut, un wiel de halwe Stadt förmlich nah Land lengt un lungert, so is't to begriepen.

De Utröper slög nu ok en annern Ton an:

»Meine Herrn. Jetzt steht der Roggenkamp zum Aufgebot, 7 Hektar 64 Ar groß, sehr ergiebiger Boden, eignet sich aber noch besser für Bauplätze, zumal in ihrer allernächsten Nähe, wie Sie auf dieser Karte sehen, die Eisenbahn in spätestens drei Jahren laufen wird.«

»Wenn de Bahn löppt, sünd wi dod.«

»Daß die Bahn in drei Jahren läuft, dafür bürge ich Ihnen, mein Lieber.«

Da stünn' ok een von de Firma Heinshardt un Mienke up un güng' up den unglövschen Thomas to, klopp em up de Schuller: »Wenn Se eher to Fot nah, na ik will mal seggen, nah Malaga gaht, wo ik mi jedes Jahr Wien herschicken lat, as de Bahn löppt, denn schüllt Se den Roggenkamp ümsünst hebben. Un disse brunen Lappen« – un darbi grabbel he en Handvull Dusendmarkschiens ut sin Bosttasch – »schüllt se as Tehrgeld hebben.« Darbi dreih he sik üm as de Roland von Windbargen un meen, he harr den olen Soltau gehörig mit sin' Aschbüdel up't Mul slagen.

Awer de ole Soltau säd garnix un dach blot, wokeen' de Gauner woll üm dat veele schöne Geld bröcht harr.

Nu güng' awer dat Beeden up den Roggenkamp los. Dar weer ok all de drütte Runn' an de Reeg, de Köpp würrn hitter, un dat

Sprakwater harr sin Wirkung dahn. De Roggenkamp keem de Tunn' all öwer tweedusend Mark.

De Huskoppel weer de letzte. Dar harr all mennigeen up luert. Awer as en frömde Herr toletz as de Adler baben all' de annern Vagels up de eensame Höchde von veerdusend Mark stünn', da kreegen se all' dat Stillswiegen.

Ganz toletz keemen Hus un Gaarn ünner den Hamer. Da wunner sik keen Minsch mehr, dat dar dörtigdusend Mark för baden würrn.

Nu weer't ut. Nu wulln se erstmal Pust holn, säd de Utröper, un denn schull de Sak nochmal von vörn losgahn. Denn güng't öwer för recht. Da güngen veele weg. Ehr weern de Druven to suer.

Awer annere Sterns duken up. En Kutsch keem vörfahrn, dree grote Herrn steegen ut, möken sik mit de Firma bekannt un leeten sik von den Utröper up de Flurkort dat Land beteeken un de baden Pries seggen.

Endlich güng' dat wedder los, dat Drinken, dat Anpriesen un dat Owerbeeden.

De Koppeln würrn binah noch halvmal so düer as dat erste Mal. An den Roggenkamp krall' de een von de dree Kutschenherrn fast. De Lüd säden, dat weer de Obberste von en Terrenggesellschop, he wull hier en nies Flach upmaken.

Genog, he güng' bet nah fievdusend Mark för de Tunn' rup, un da klopp de Hamer tom drütten Mal dal.

»In den sin Hut müch ik liekers nich steeken, un wenn he ok noch so veel Geld verdeent.«

»Worüm dat nich?«

»Minsch, kiek mal, wat em de Ogen all ut'n Kopp rutsteekt, de mutt sik ja bi all' de Upregung en groten Hartfehler ranarbeidt hebben.«

»Och wat, de hett gar keen Hart.«

Klock twölv weer alles ut. De Herr Rechtsanwalt un sin Schriewer müssen noch twee Stunn' Kopkuntrakte maken un de Köpers ünnerschriewen laten. Sünst kunn' se sik noch besinn' un utbucken. Da erst smeeten sik alle fiev Herrn in ehr Auto un susen in de Nacht rin.

Den annern Dag reeken sik enige Lüd, de den Landverkop von Kopp bet to Enn' mit biwahnt harrn, ut, dat de Firma sik en netten Rock darbi antrocken harr. Se harrn de Hegersche Stell för 150 000 Mark köfft un harrn glatt 100 000 Mark daran verdeent. De Anbetahlung harrn se alleen all ut dat Inventar makt.

As de Notar den annern Morgen sin' lütten Hansi up't Knee rieden leet, da gröl de Jung: »Vati, wenn ich groß bin, will ich auch ein richtiges Ferd haben.«

»Jawohl, Hansi, das sollst du; denn kannst du als Offizier voran reiten oder meinetwegen auf einem breiten Ackergaul als Bauersmann. Dein Vati will dir eine Hegersche Bauerstelle zusammensparen, damit du kein Notar wirst. Mutti, gib mir noch eine Tasse Kaffee un spiele mir ein einfaches Lied vor. Mir saust und zischt es noch immer in den Ohren: »Wat schall ik darför hebben?«

Wull-Swenn.

Wull-Swenn weer man en heel lütten Minschen; een Meter dree-
unföftig, höger kunn he dat nich bringen. Sin beiden groten Bün-
nels, een' up den Puckel, den annern öwer'n Arm, weern binah
gröter as he. He hannel nämlich mit Wull un wullen Saken; darüm
heet he ok öwerall Wull-Swenn. In dat grote Bünnel harr he de Sak-
en för de Mannslüd, in dat lütte öwer'n Arm för de Fruenslüd.

In sin Kinnerjahren, so vertell he gern, harr he, wiel he heel arme
Öllern hatt harr, bannig freern müßt, un so weer he, üm sik un an-
nere Minschen glücklich to maken, up den Wullhannel kamen.

Veele, veele Jahren hebbt wi em kennt, un ümmer bleev he desül-
ve, drög he densülwigen brunen Rock, densülwigen Rundhot,
densülwigen groten, blauen Regenschirm, as man se nu man blot
noch in en Museum to sehn kriggt. Ok sin Gesicht bleev datsülve,
en beten geelbrun von de frische Luft, scharpe, blaue Ogen, de von
baben as mit en Knick dörch buschige Ogenbruen schützt würrn.
Up jede Siet von dat glattrasierte Kinn seet en Klumpen Bartshaar,
as för föftig Jahr Mod weer. »Dat warmt noch beeter as Wull,« plegg
he to seggen.

De een Back seeg ümmer nah Tähnwehdag ut; awer dat keem
von den Tabak, den he dar achter de Kusen harr. Smöken däd he
nich, dat paß sik nich bi all de Herrschaften, wo he keem, un weer
ok to ümständlich bi dat ewige Husin- un Husutgahn.

Wull-Swenn güng' ümmer sin' egalen Gang.

»Wer langsam geiht, kümmt ok to Stadt. Worüm schall ik lopen,
ik hev gar keen Il; ik hev nüms to versorgen as min' Vadder sin'
Söhn, un dat hev ik licht verdeent.«

»Wo wahnst du egentlich upstunns, Swenn?«

»Och, ik wahn in Hummels-, Fuhls- un Wellingsbüttel, in Bossel,
Ohls- un Alsterdörp, beholen künnt Ji dat doch nich.«

Bi so'n bestännigen Mann füll de ewige Wessel ja up. Dat leeg ok
nich an sin Mietslüd, dat leeg blot an de Fleegen. Mit de Fleegen
kunn he sik nich verdrägen, un wenn he nich Herr öwer ehr warrn
kunn, denn tröck he ut.

Plag em mal een in't Weertshus, wo he sin' Snaps drünk oder sin Botterbrot eet, so tröck he en leddern Fleegenklapp ut sin' Bünnel un klatsch ehr dod. He harr mal en Blotvergiftung up de Hand hatt, de weer narms anners von kamen as von en asige Fleeg. Dat schull em doch nich wedder passeern, dat weer em doch to schenierlich west, mit so'n Hand sin Wull uttopacken.

Wo he keem, dar weer he willkamen.

»Wullt du 'n beten miteeten?«

»Ja, wenn't nich anners sien kann un wieder keen Umstänn' makt, gern.«

Sin Beköstigung koß em keen föftig Daler dat ganze Jahr.

He harr sin' bestimmten Rundgang bi sin Kunn' un dröp as en Planet mennigmal an den bestimmten Dag un de sülve Stunn' wedder in.

Bleev he öwer'n Tappenstrich, denn heet dat gliek: »Ik dach, Wull-Swenn weer ok all kamen.«

He wüß ok all ungefähr, wat de Lüd von em köpen wulln.

»En schöne Unnerjack, nich wahr? – Annerthalv Pund veerdrahtige Wull to Hasen, nich, Mudder?« Darbi weer sin War god un billig. He köff ümmer von sin olen Leeweranten un betahl alles bar.

He weer ganz anners as de meisten Minschen bi Hamborg rüm. Dat weern binah all' Stormlöpers un Draffrönners, bi de hannel sik dat ümmer üm Geld, Geld un nochmal Geld. Swenn bruk nich veel Geld. As he sik dusend Mark tosamsport harr, säd he: »So, nu bruk ik nich mehr, dreehunnert Mark för min Begräbnis, söbenhunnert för min Krankheit. Jeden Monat hunnert Mark; länger as söben Monat hol ik dat nich ut.«

Darmit harr he sik mit den Dod utenannersett un leev ümmer vergnögt, harr keenen Fiend up de Welt un kreeg keen böses Wort to hören.

He müch heel gern singen. »Na, Kinner, wüllt wi nich mal singen?« Un stimm' denn mit sin bewerige Stimm en Scholleed an. Nahher süng' he up egene Fust: »O du Deutschland, ich muß ma-

schiarren« un »Wenn jemand eine Reise tut, so kann er was verzäh-
len«.

Dat duer em awer doch mit alle Versen to lang. Denn nehm he
sin' Bünnel un trull sik wedder aff.

Noch abends lat dröp man em mennigmal up de Strat. He harr
öwerall de Nacht blieven kunnt; awer dat däh he ungern. He müß
to Hus, ümmer den Hambörger Lichtschien entgegen. Dat Ham-
börger Licht weer em in de Seel wossen. He nehm keen anner Slap-
stuv as, wo he dat Licht sehn kunn.

Obschöns he man langsam güng', weer he doch en flinken Dä-
nßer; Sünndags güng' he gern mal en Stunn' nah'n Flügelball. As he
veertig Jahr old weer, harr he sik bald en Fru randanßt. Awer se
harrn sik beid verrekent. He wull en Fru hebben, de em in't Oller
pleegen schull, un se harr dat up sin Geschäft un sin lütt Kaptal
affsehn. Un as se nu gegensiedig so von ungefähr up den Busch
kloppen, da würrn se beid koppschu, un jeder güng' sin' egen
Gang. –

As he merrn in de Söbentiger weer, wurr he langsamer gahn, un
as he ut de Dör güng, säd he to sin besten Frünn': »Nu kam ik woll
nich wedder!«

Un richtig, as he bet nah Wiehnachten hen alle Kunden mit fri-
sche Wullwar bedeent harr, läd he sik hen un stünn' nich wedder
up. As em sin Husmudder eenes Morgens den Kaffee bröch, leeg he
still dar un harr de Hänn' up de blauunwittkarrierte Deek fohlt. Up
den Disch stünn' de blickern Kasten mit sin Testament, sin Sporkas-
senbok un annern Papiern. Föftig Breev leegen darbi. Darin stünn'
sin Dodesanzeig, un de Fru bruk blot Dag un Stunn' von dat Be-
gräbnis intodrägen.

»Weeßt keen dod is?«

»Nee.«

»Wull-Swenn, Friedag Klock twee ward he in Ohlsdörp begra-
ven.«

»Denn mutt ik doch rein mal henföhren; veertig Jahr un länger
hebbt wi von em köfft.«

So dachen de meisten, un so kreeg de lütte, eensame Mann en grotes, ehrenhaftes Gefolg.

De beiden Sünndagsjägers.

Johann Barkmann weer Jagdupseher in Duvenhamm. Jagdupseher dar wied in't stille Land to sien, dat is en fienen Bahntje. Dat smeckt noch so'n beten nah: »Herrscht der Schütze frei.« Awer in Duvenhamm is dat keen Spaß mehr, tomal wenn man Feldvagt togliek is, as Johann Barkmann dat weer. Duvenhamm liggt nämlich to dicht bi Hamborg. Wenn man up den Heidbarg steiht, wat de höchste Punkt up de Feldmark is, denn kann man bi klare Luft den groten Michel un de annern Karktorns dütlich sehn. Bi Südenwind hört man de Dampers tuten un dat Hochwaterscheeten, wenn de Nordwest sik gegen de Elv stemmt. Upstunns, wo de Minschen ümmer löpscher ward, wo dat Wannervageln Mod worden is un de Ogen up Heimat instellt worden sünd, kamt ok nah Duvenhamm so veel Minschen, un de beunruhigt Johann Barkmann dat Wild. Sünndags kamt de Reh gar nich mehr von dat Moor rünner. Dar kann dat rugbeenig Minschenvolk nich henkamen. Dar lopt se sik fast as de Fleegen in'n Sirup. Uns' Jäger dörft nich mehr to Kark un to Mark gahn; so drah he den Puckel wennt hett, ward up sin Rebeit schaten. De Hasen kiekt em den annern Dag an, as wullen se seggen: »Wo weerst du gestern? Se hebbt hier rug Hus speelt.«

Besonners is he up de »Wannervagels« nich god to spreken. Von de Wannervagels givt dat nämlich twee Arten, richtige un so'n, de blot ünner de gode Flagg segelt. Mennigmal kamt se in grote Swarms öwer de Heid, as wullen se Drievjagd affholen. In de Dann' speelt se Griepen. Se böt Füer, riet den Brahm ut, stehlt Röben un Kantüffeln, un wat an Blomen en upfällige Farv hett, wannert in den Rucksack.

Mit den Schapschinken, an den en Dutz Bänner weiht, as wenn een von de olen Köstenbitters kummt, makt se dörch ehr Klimperie Föß un Fasanen bang', un de Karnickels flitscht to Lock an.

Je, de Karnickels! Fröher kunn man, besonners up de Koppeln bi de Dann' rüm, en ganzes Stieg sehn, un meistens keem Johann Barkmann mit en halv Dutz to Hus. De verköff he as billige Bradens an sin Nahwers, un dat Geld, wat he darför bör, weer sin. Nu sünd se so rar worden, dat man ehr abends in de Schummerie upluern mutt. In de groten Rucksäck möt de Wannervagels en Kasten mit Frettchens hebben, wo se de Erdkrüpers mit ut de Löcker benzt un in de vörstellten Netten jagt. Awer töv man. He kriggt ehr doch noch. Dar löpt keen Hund tein Jahr dull. Johann Barkmann is ok dreemal dörch de Näs bohrt.

As dat so gegen den Harvst güng' un de Novemberwind öwer de Stoppeln jag, würr de Wannervagels dat to ungemütlich up de Duvenhammer Feldmark un se bleven ut. Blot en paar langhaarige Sluxen weern jeden Sünndag dar. Se löpen mennigmal driebens up den Jäger to, füng' mit em an to snacken un tröcken, wenn he ehr nich recht Wort stahn wull, mit ehrn Klimbim, »Im Wald und auf der Heide« wieder.

Darbi füll' em up, dat blot de een von de Wannervagels ümmer dat Klimpern besorg un den annern sin Schrammel Ruh harr. Da güng' em en Talglicht up, un he nick mit den Kopp, smustergrien un säd to sik sülben: »Töv, nu hev ik Ju!«

Mank mehrere grote Brahmbülten grav he sik en deepe Kuhl, wo he in sitten kunn. All' dat Sand verklei he un bedeck dat mit Heid un Muß.

Ünnen an de Heid, wo de Sandweg henlankföhrt, mök he frische Löcker, as wenn de von Karnickels frisch buddelt weern. Mit en Karnickelpot mök he frische Sporen in dat frische, geele Sand. De olen Karnickelsporen frisch he ok en beten up disse Art up. Nu keem de Sünndag. So gegen Klock tein keemen de beiden Bengels anstaken. Wo de Stieg sik mit en Feldweg krüzt, fünn' de Beiden en tosamknüllten Zettel. In de Nahhand von de Stadt un an de Landstraten kümmert sik keen Minsch üm wegsmeeten Papier. Awer hier up de Heid füll he up. De Finner lang' em up, les em un smuster den Kameraden to: »Minsch, les mal, vundag is de Luft rein.«

De annere nehm dat Blatt un les:

> »Lieber Johann, hierdurch ersuche ich Dir, am nächsten Sonntag die beiden Sweine, die Du mir auf Ehr und Gewissen abgekauft hast, mit den Wagen abzuholen. Denn ich habe keine kleinen Kantüffeln mehr, un so ist es mit die Ernährung man swach bestellt. Un was die Sög davon is, die muß ein Stall allein haben, und Du hast ja genug

Platz, aber ich nich. Ein Fuhrwerk kriegst Du am Sonntag ja leicht, un nu is es mit die Kruppschütten und Wilddieben wol nich mehr so slimm.

Mit freundlichen Gruß

Hans Tonn.

Nachschrift. Für einen Buddel Rumm habe ich gesorgt, und die Leberwurst ist gut geworden.«

As de annere Wannervagel dat lest harr, slög he sik up de engelschleddern Kneebüx, de liekers all en betn utrugt weer, un lach, as wenn em de ganze Welt un söben Dörper tohören. Mit lange Schred staken se nu de Heid hendal un güng' an de Arbeit. Bi dat erste Karnickellock huken se sik dal. De een stell vör jedes Lock en lüttes Nett. De annere kreeg ut sin Gitarr en Frettchen – grad as Johann Barkmann sik dat dacht harr – un sett dat in't Lock. Awer dar weer nix in. Bi dat tweete harrn se ok keen Glück. Awer ut den drütten Bu keem en Griesen rutstuven, as wenn he ut de Pistol schaten weer, un verfüng' sik in dat Nett. De een stört sik up dat Deert, slög em dat Gnick aff un steek em in'n Rucksack, wildeß de annere dat Frettchen wedder in de Gitarr sparr.

Up'n mal stünn' de Jäger bi ehr:

»Na, wat ward hier denn an'n Dag geben? Nu hev ik ju Hallunken bi de Flünken. Ik hev lang' genog up ju luert. Dat Lüdbrüden geiht nu üm. Marsch!«

Dar hölp keen Puchen un Pranßen, dat dat Frettieren öwerall frie weer as up Hörnum de Strandgang. Dar hölp keen Beden un Betteln, dat weer dat erstemal un se harrn sik man blot en Sünndagsvergnögen makt. Se wulln ok nich wedderkamen. Se müssen mit nah den Amtsvörsteher in Duvenhamm. Dar stell sik denn rut, dat in de Rucksäck noch Fallen un Hasensneeren verstecken weern. Ok en Flintenkolben keem tom Vörschien, un de Lop darto steek in den dicken Handstock, de binn' holl weer. Dar pußen se abends de Fasanen ut de Dannböm, un binn' in den eenen Rucksack fünn' sick ok Rehhaar.

Weer dat nich all' dartokamen, denn weern se nah »Feststellung der Personalien« up'n frien Fot bleeven un harrn nahsten en lütte Brök betahlt. Höchstens weern se noch dat Frettchen los west.

So awer müssen se in't Sprüttenhus wannern, bet Amtsvörsteher un Jäger sik von dat Middageeten vermünnert harrn. Nahmiddags wanner Johann Barkmann mit ehr nah't Gerichtsgefängnis.

Dat weer dat Enn' von de Sünndagsjagd. Dingsdag öwer veertein Dag is Termin.

De Hülsenbuer.

Ungefähr dree Stunn' buten Hamborg, en Viertelstunn Wegs af-
fsiets von't Dörp, ganz alleen mank Heidbargen un Sandknülls
wahnt de Hülsenbuer. Rund üm sin swarte Kat, de noch mit Stroh
deckt, awer mit Pappstreifen un Dackpannen utflickt is, staht grote
Hülsenbüscher. darüm heet he de Hülsenbuer.

Wenn he so duknackt up den klapperigen Blockwagen sitt, de all
wat bucklahm is un in tein Jahr keen Ölfarv mehr sehn hett, mutt
man glöven, dat he keen fiev tellen kann. Wenn man em awer un-
nerwegens mal in'n Krog sitten süht – denn sin Schimmel hett all
tweemal nullt un kann de ganze Tur nich in eenen Sähln maken –
un he so langtögsch un listig snackt, wenn he de Lüd verstahlen
munstert un mennigmal en smeerigen Grientje upstellt, denn seggt
jeder: »Dat is en ganzen Griesen.« Dat is he ok. He is dreemal dörch
de Näs bohrt, as man seggt, un wer em anföhrn will, de schall erst
söcht warrn.

Jede Week, middeweekens un sünnabends, föhrt he mit sin Ge-
spann to Stadt.

Baben ut sin' Wagen kiekt Kränß un Dann'telgens, de verköfft he
in Ohlsdörp an de Kranßbinners. Darünner liggt Hülsentwiegen,
besonners in de Tied, wenn se de schönen, roden Beeren drägt; dar
makt he de Lüd mit glücklich, de sünst nix in ehr Blomenvasen to
steeken hebbt.

Ok mit buntes Loof, grönes Muß, lange Mettelhalms, Klopp-
kühln, Farnkrut, blöhende Heidbünnels, Bessen ut Barkenries,
Schrubbers ut Heid un Brahm kann he deenen.

Un all disse schönen Saken kost em nix, de finnt he buten in de
Natur oder kriggt se för en godes Wort. Dat meiste awer klaut he
sik in'n Schummern oder bi nachtslapen Tied.

Sin egen Hülsen rögt he nich an, un sin egen Dann' waßt ümmer
lustig to, ahn en Telgen to missen.

So bi Pingsten rüm süht man em in de Wischen rümsnückern, en
Messer in de eene un en Korf in de anner Hand. Denn stickt he de
Wötteln von't Johannskrut, un de verköfft he denn dat Stück för

dörtig Penn' an de Herrn, de von de Börs kamt. De steekt sik so'n Ding in ehr Portmoknipp, dat se dat ganze Jahr fix Geld darin hebbt.

In'n Harvst verswinnt in de Gorns Kohl, Wötteln, Sellerieknulln, Appeln un Beeren. Man kann denn dütlich sehn, dat de Fotsporn von Fruentüffeln herrögt, un liekers seggt de Lüd, dat hett nüms anners dahn as de Hülsenbuer. Hamborg is wied un grot, dar künnt se keen Hussöken anstelln.

Wenn em in Hamborg en Husfru fragt, ob he ehr to Martini woll en Gos lewern kann, denn seggt he: »Ja, ik heff söbentein Stück, dar künnt Se gern een von kriegen.«

He hett man dree, un de he lewert hett, de hett he sik so bi weglangs klaut.

Wenn he noch gar keen Swien slacht hett, denn verköfft he all lustig in de grote Stadt Wüß un Swiensköpp, Snuten un Poten. Wenn he sik in'n Dörp sehn lett, denn heet dat: »Hunn' rut un Tüg von de Lien, de Hülsenbuer is hier begäng'.«

Malins würrn en Buern to Wiehnachen ümmer Dannböm stahln. Jederman wüß, dat de Hülsenbuer se nachts affhau un dags in de Stadt verköff. Da wulln se em denn doch mal afffangen. Mit veer Mann, de Jäger weer dar ok mit mank, stelln se sik an alle veer Himmelsrichtungen üm de Dannkoppel to rechter Tied up. As de Maan achter de Wolken rutkröp, keem he richtig an. Awer se hörn nix hauen un sagen; dat bleev still as in de Kark.

Up eenmal suß den Jäger en Kugel öwer'n Kopp, un de Schuß baller dörch dat Holt.

Keen Minsch säd wat, un lies sleeken sik alle veer Wächters to Hus. Den annern Dag vertell' de Hülsenbuer den Dannbuern: »Wenn ik nich mal en Og nah de Dannkoppel smeet, denn sagen se di all de Dann' aff; gestern Abend weern all veer Mann dar. Awer ik hev ehr en blaue Bohn üm de Ohren piepen laten, da tröcken se aff as en Hund, de keenen Steert hett.«

De Jäger weer em bannig führsch. Nicht alleen wegen de Kiwittseier, de de Hülsenbuer in'n Fröhjahr in Moor un Brook söch; nee, wenn he mal en Rapphöhner un Fasanennest fünn', den annern

Dag weer't verha't un utnahmen, ok de Hasen un Reh wulln sik nich vermehrn. De besten weern den Hülsenbuern sin. He schöt un sneer ehr, un en Hund harr he, de jaff nich achteran, he besleek ehr.

Eenmal wull de Jäger dörch den Knick springn, awer he würr an'n Fot reeten un flög so dull up de Grabenkant dal, de hartfroren weer, dat he sik twee Rippen inknick un veertein Dag vör'n Dokter liggen müß.

He weer mit'n Fot in en Hasensneer geraden. Dat wull he em a-wers gedenken. – Twüschen de Heid un dat Moor weer en lütten Dannrudel. Dar flüchen sik de Reh ümmer rin, wenn de Luft nich rein weer, un dar leegen se gern, wenn't rusig un kold weer un se Schutz söchen.

Twüschen de neegen Reh weer dit Jahr en staatschen Buck. De Hülsenbuer luer all ümmer achter em an. He leet up sin lütt Torf-moor extra en Torfmiet stahn, dat he man ümmer en Gewarw harr, dar hentogahn un nahtosehn, ob de Torf woll dróg würr. Dat würr Harvst, un dat würr Winter. De Torf stünn' dar ümmer noch. Dat weer veertein Dag vör Wiehnachten. De Hülsenbuer weer to Stadt föhrt, un in de Tied föhr de Jäger sin Plan ut.

He harr noch en Rehhut hängen. De stopp he mit Heu un Stroh ut. In den Hals schöv he en Brettstück, dat sik twüschen twee anne-re Brettstücken in de Bost bewegen leet. An dat Gehörn, dat he noch extra uvsett harr, bünn' be en Draht. Den Draht mök he an en Danntwieg fast. Wenn nu de Wind den Twieg up un dal beweg, güng' ok de Kopp von den Rehbuck up un aff, un wiel he dat Deert hart an en gatliche Dann' stellt harr, so leet dat, as wenn de Buck sik mit den Hals an de Dann schüer, as se mennigmal to dohn pleggt, wenn se en Jöken in dat Fell hebbt.

Den annern Dag weer Drievjagd up de Feldmark von dat nächste Dörp. Uns' Jäger weer ok mit. So üm Kaffeetied awer säd he de annern Jagdherrn Addüs un güng' up en groten Ümweg torügg nah sin Feldmark un huk sik en Büssenschuß von sin' Rehbuck in en Kuhl achter en hoge Brahmbült, de he sik eigens to dissen Zweck purrt harr.

Dat würr schummerig, up't Moor steeg de Newel up. De Jäger ripp un rög sik nich. Blot de Ogen löpen bald links, bald rechts dat

Redder henlank. Toletz seeg he nerrn mank de lütten Barken en griesen Punkt. Denn stünn he mal still, un denn keem he wedder twintig Schritt neeger. Ja, dat weer keen anners as de Hülsenbuer. De harr sik dat so dacht:»De Jäger is ja mit up de Drievjagd, un nu sitt he mit in'n Krog bi Grog un Botterbrod. Nu is de beste Gelegenheit, een von de Reh, vellicht sogar den groten Buck dat Licht uttopußen.« Ümmer neeger keem he. Nu duk he sik dal. Nu harr he den Rehbuck dar in de Dann' sehn. Noch deeper kröp he weg, dat de dat Korn up den Flintenlop so gegen den Horizont noch eben sehn kunn.

Bums! güng de Schuß los. Dat baller doch asig gegen dat Holt. He horch noch en Ogenblick un wull nu grad mit lange Schreed up sin' Rehbuck losgahn, da pack em de Jäger mit de rechte Hand in'n Nacken un reet em dal. Flink harr he em ok de Flint wegnahmen, dat he dar keen Unheil mit anrichen kunn. Un as he sik noch losrieten wull un mit de Arms fuchtel, da meen de Jäger:»Nu wullt mi ok noch slagen? Töf, ik will di mal wiesen mit min' Eeken, wat slagen heet!« Un darmit timmer he em en Dutzend in de Jack, dat he dree Dag nahher utseeg as en Regenbagenforell'. –

As se em nu den annern Dag in de Ünnersökungshaft harrn, möken se bi em en goden Fund. In de Bosttasch harr he en Taschenbok, un dar stünn' all' de Adressen von sin Kunden ut de Stadt in, un so bilütten keemen denn trotz all sin Leegen doch en halv Dutz von sin Spitzbobenfälle an'n Dag. Annerthalv Jahr müß he brummen.

In't Gefängnis güng' em dat mit de Tied nich slecht. Wiel he en anslägschen Kopp harr un sin Hann' to raden wüß, müß he för den Gefängniswärter allerhand arbeiden un klütern. Dat letzte Fröhjahr, kort vör sin Entlatung müß he em den Gaarn bestelln. De Wärter gev em denn toletz en Kist mit all' dat lütte Saat in de Hand, dat he up de Beeten seien schull.

Wat däd awer uns' Mat? He mök alle Tüten los, misch dat Saat ganz gehörig dörchenanner un bestreu dat Land darmit.

Noch hütigendags högt de Hülsenbuer sik öwer dissen Streich un seggt:»Wat de Mann woll nah sin Wötteln söcht hett!«

Ja, so weer't. De Kram is lögenhaftig antohören; awer wahr is't doch.

De Heidjer.

»Wüllt Se ok mit dissen Tog?«

»Ja.«

»Wüllt Se ok nah Buchholz?«

»Noch wieder, ik will noch ganz nah Bremen.«

»O denn kunn de Herr so god wesen un mi en paar von min Paketen mit in den Tog langen. Ik seh, Se hebbt nix to dreegen. Oder föhrt de Herr tweete Klaß?«

»Ne, ik föhr ok drütte, wo ik nah min' Gefallen smöken kann.«

»Ik föhr sünst ümmer veerte; awer ik hev von Buchholz noch annerthalv Stunn' to gahn un wull mi nich in de veerte möd stahn. Uterdem is se um disse Tied an'n Sünnabend so vull, un ik hev so veel wertvolle Pakete, de kunn' mi dar ünner de Föt kamen.«

In de Tied harr ik mi min' Reiskollegen von'n Hambörger Hauptbahnhof en beten neeger ansehn. Dat weer en ünnersetzten Minschen, mager, brunbrennt, de groten Hann' passen nich to den lütten Kopp. De Kopp weer noch lütter west, wenn de Bart schorn un de Haar sneeden west weern. He weer woll föftig Jahr old; denn de Haar weern noch düster. Wo se in Nacken so lang weern, harrn se de Farv von en Foß annahmen.

De Hot weer vör tein Jahr mal nah de Mod un swart west; nu güng' he in't Griesgröngrimmelige öwer.

Dat he ut en Rokhus stamm', kunn ik rüken, un dat he sülben Schap harr, seeg ik an sin Kleedung.

Man bruk keen Sherlock Holmes to sien, üm den Reiskollegen as en richtigen Heidjer fasttostelln.

Mitdewiel steegen de Lüd in de Wagens, un de Heidjer kreeg dat mit de Il, dat he man alle söß Pakete ünnerbröch, wo ik em bi hölp.

Toletz weer dar noch en Sack.

»Den möt wi woll beid anfaten. Der is en isern Keed in, de is teemlich swor.«

Wi tasen denn Sack rin, setten uns dal, un ik slög de Dör von dat Affdeel to, dat wi man alleen bleewen.

Dat glück ok, un »de Swart« rummel mit uns aff.

»Wat wüllt Se mit de Keed?«

»O dat will ik Se vertelln. Up min Hoffstäd hev ik natürlich en Sod, un de is mi in dissen drögen Sommer binah drög worrn. Da hebbt wi em deeper maken müßt. Hunnertuntwintig Daler hett mi dat kost. Upstunns is dat ja all' so düer. Fröher weer he ok man blot mit Torfsoden upsett, nu hev ik em mit Sodsteen upsetten laten. Un denn en nien Kasten mit'n Winn. Solang hev ik mi mit'n Strang holpen. Awer ik bün bang', de ritt mi. So hev ik mi denn in Hamborg en Keed köfft.«

»Künnt Se de up'n Lann nich hebben, in Buchholz ok nich?«

»O dat woll, awer wenn man in Hamborg en grotes Lager dröpt, denn köfft man doch noch billiger. En halven Dag hev ik frielich dornah rümsnückern müßt.«

»Wat hebbt Se denn in dat Paket, wat so licht is, en nien Hot för Mudder?«

»Nee he . . . he, lat Mudder man sehn, wie se'n Hot kriggt. Den makt se sik sülben.

Ne, denn flecht se sik ut Stroh, ut de schönsten Strohhalms un neiht em denn tosam. Oha, min gode Mann, de hölt mal so lang' as en köfften. Denn ward he öwerlackt, un wenn se to Nachtmahl will oder wi hebbt en Beerdigung; denn kann se em ja mit swarten Stoff öwertrecken. Nee, in dat Paket sünd Honnigkoken in. Dat heet nich tom Eeten, nee, so'n Ansatz för de Imm', up Hochdütsch seggt man dar je Waben to.«

»Ach so, nu verstah ik.«

Un nu weer he in dat richtige Fohrwater, un binah en halven Kopp gröter würr he.

»Wat meenen Se, ik hev hunnertuntachentig Völker, dar hört wat to.«

Nu vertell he von Imm' un Honnig, von Imkers un Hannel. He weer nu ja ok mit in »usen Verein«, un dat weer man god, dat de Honnig endlich up een Mark för't Pund kamen weer. Dat müß he notwennig kosten.

Blot een Deel kreeg ik nich to weeten, wieveel Honnig he dissen Harvst verköfft harr, wie grot also sin Innahm weer. Dar güng' he ümmer so bi rüm as de Katt üm den hitten Brie. Denn wenn ik ok grad keen »Stüerunkel« weer, man kunn dat doch nich weeten, wie dat verraden warrn kunn un he denn de groten Stüern up't Brett tellen müß. Een Deel awer wull he mi doch upklären. Dat harr he sülben entdeckt, un dat kunn ik gern mal in de Zeitung schrieben:

»Hebbt Se all mal von Rovimmen hört? De sünd sülben to ful, Honnig to sammeln. Denn fleegt se nah en flietigen Stock bi en annern Imker un abends sünd de Pütt lerrig. Nu hev ik so'n Pogützenstohl, so'n runn' Pilz, wi segat dar Povis to, entdeckt. Wenn de riep is, geiht he baben apen, un de fiene Stoff treckt dar rut. Denn stell' ick mi achter den berovten Korf hen un bestöv de Rövers, un denn kann ik den Imker bewiesen, dat dat sin Immen sünd, un he mutt se affschaffen.«

Von de Imm' keemen wi up de Schap un von de Schap up de Köh.

Schap harr he man tein, blot soveel, dat he mit sin Familie en Rock över'n Lief un »Hasen« up de Been harrn. De müssen sik so bi weglangs mit nähren. Köh harr he man twee.

»Awer ik mutt noch twee mehr hebben. Ik hev dar so'n rug Stück Land, an'n Anbarg, luter Buhln un Bargen, wo man nich plögen kann, wo Barken, Hülsen un noch en paar Wacholler waßt, – wie nennt dat den Urwrasselbusch, – dar hebbt sik de Hambörger »Wannervagels un Heidlarken« in verleevt. Ik hev ehr een Stück nah dat annere verpacht. Denn stellt se sik dar en Hus oder Hütt up un slapt un wahnt dar. Nu staht dar all söß Stück. Sünnabends kamt de Ersten, un sünndags sünd dat mennigmal gegen hunnert Köpp.

Grad as en lütt Markt. Un denn fehlt dat ümmer an Melk. Un dat bringt schön Geld, ja, bringt dat. Min' Honnig bruk ik garnich mehr nah Hamburg to sleepen; den halt se mi so uten Hus rut, doht se.

Den Goren hev ik ok all gröter maken müßt. Veeruntwintig Blick Arfen harr Mudder leggt, dree Sack Fröhkantüffeln plant, Wötteln, Röben, alles geiht rietend weg as bi'n Bäcker de frischen Rundstück.

Wat de een von de Hambörger is, dat is en Kunstmaler. De hett all alles, min Kat, den Immenhagen, den Urwrasselbusch affmalt, un nah en paar Biller sünd Postkorten nah makt worrn. Wat min Jüngste is, min Trese, de hannelt denn mit Postkorten, öwer dusend Stück hett se dissen Sommer all verköfft.

Je, wat de Welt sik verännert. Wenn wi in min Kinnerjahren Sünndagsabends an'n Heiklot leepen, denn hör man blot de Nachtswolk dar günt in'n swarten Busch blarrn oder mal en Aantenpaar dörch de Luft piepen. Nu hebbt wi dat schönste Konzert mit Vijoln un Schapschinken, un singen doht se darto veel schöner as de Sängerdeerns up't Buchholzer Markt.«

Süh, nu sünd wi ok all dar. So nu lang'n Se mi man mal noch den Korfbuttel mit den Rum, de tein Pund Tobak un den Büdel mit Kaffeebohnen her. Denn hev ik jawoll alles: een, twee, dree, veer, fiev, söß. Ja, dat stimmt. Denn kamen Se man god hen nah Bremen.«

»O dat warr ik woll; wi wüllt Se awer mit ehr söß Pakete nah ehrn Urwrasselbusch kamen?«

»Dar kam ik ok woll hen. Süh, dar staht Mudder un Trese all mit'n Treckwagen. Wenn wi to Hus sünd, eet wi noch en Pann' vull Klüten un Kantüffeln, un denn slapt wi god.«

De Villa.

De Sünn' is doch en Allermannsfründ. Dar liggt en grote, schöne Villa frie an en Holtrand un lett sik von Osten un Süden beschienen. Dat Holt steiht dar achter in'n Norden, grad as wenn en Minsch den Rockskragen gegen den Storm upkrempt hett. De Böm sünd all' höger as dat Hus. Un dat is so still an'n Sünndagmorgen. Man föhlt Märkenstimmung rund um sik rüm.

Wer mag dar wahnen?

Süh, dar kümmt en Jung' mit en lerrig Melkkann' an't Fahrrad von de Villa her, den will ik doch fragen; awer en beten slau anfangen:

»Na, an'n Sünndagmorgen ok in't Geschäft?«

»Bi uns givt dat keen Sünndag.«

»Worüm denn nich?«

»De Lüd möt doch ok Sünndags Melk hebben.«

»Sünd denn dar lütte Kinner in't Hus, de noch Melk slappen möt?«

»Nei, dat grod nich.«

»Seggn Se mal, junge Herr, wer wahnt dar denn egentlich?«

»Je, dat droff ik egentlich nich verroden. Denn goht Se womuglich rin un seggt, ik harr Se rinwiest.«

»Ne, dat doh ik nich, ik hev dar nix to söken.«

»Dat seggt Se am Enn' blot so boben harten. Awer dat kann ik Se seggen, Geschäfte köhnt Se dor doch nich maken. Wat de Ohlsch is, de Senatersch, de hett en feinen Rüker. In'n Ogenblick drückt se up'n Knop, un denn is ok glik de Rutsmieter dar.«

»Wer is dat denn?«

»Dat is de Garner. De kummt denn an un frogt Se, ob he Ihnen sien Drievhus mol wiesen schall. Dat is en Kerl as en Eekbom. Denn köhnt Se all gornich »Nei« mehr seggen. Denn möt Se mit rut, un wenn Se buten mit em alleen sünd, denn kiekt he Se mit glännige

Ogen an as Hogenbek sin Keunigstiger un frogt, ob Se dat Drievhus würklich sehn wüllt oder ob Se sik leewer nich etwas plötzlich ut'n Stoff moken wüllt.«

»So also de ole Senatersch givt nich grot üm Besök?«

»Dat köhnt Se sik woll an Ehr fiev Fingern utreken, dat so'n rieke Lüd von allerhand Minschen affstroft ward. Dorto hebbt se sik hier doch nich upen Lann' buten de Stadt herbot. Se wüllt hier doch ehr Gemacklichkeit hebben.«

»Dat is sehr richtig, junge Mann. Seggen Se mal, roken Se all. Dit is'n schöne Brasil. Nehmen S' man noch een för hüt Nahmiddag.«

»Danke scheun! De eene smeuk ik nah'n Kaffee, un de annere teem ik mi, wenn ik hüt Abend in de »Flora« sitt.«

»Na ja. Is de Senatersch denn ganz alleen dar, dat se sik up en Rutsmieter verlaten mutt?«

»O Mann, nei; dar is ehr Söhn de Kommerzienrot un sin Fro, un de Dochter. Dat heet, de Herr is doas meistens ünnerwegs, in't Geschäft oder up Reisen. Dat mutt ik ober seggen, he is ümmer sehr nett. Ober sin Fru de Kommerzienrätin, de hev ik osig in'n Kieker. Wenn ik in de Kök bün un leeg de Köksch oder de Mäten de Hut geheurig vull, denn steiht se up'nmal bi een, mokt »Pst!« un seggt: »Na, Fritz, nu aber wird's Zeit für Sie.««

»Na, dat gnädige Fräulein – weeten Se, min gode Herr, wenn man blot in jeden Satz »gnädiges Fräulein« seggt, denn kann man de um den Finger wickeln. De is noch dat reine Kalv, un wie't in de Welt utfüht, dar hett se keen blasse Ohnung von, nich 'n Happen Weltplie hett se.«

»Se is woll noch heel jung.«

»Jo, jo; nu ward't ower Tied fo mi. Moign, Moign, ok veeln Dank fo de Sigarrn.«

He smeet sik up't Rad un sus den swatten, eben Slackenweg henlank, un ik pedd em langsam nah.

Ik harr noch keen hunnert Schritt dahn, da keem mi en ole Fru an'n Krückstock in de Möt.

»Na, Mudder, ok en beten in'n Sünnschien gahn?«

»Wat meent de Herr?«

»Een beten in'n Sünnschien verpedden?«

»Ne, ik bün all siet Klock söß an de Arbeit, hev in'n Gaarn all Arfen plückt, Wötteln schrapt, Franzosenkrut utreeten un Salat för de Höhner plückt. Nu will ik mi min Middageeten haln ut de Filla dar.«

»So, ut de Villa? Kriegt Se dar Eeten?«

»Ja, jeden Sünndag hal ik dar min Middageeten, dat schönste Eeten, as wi uns dat nich teemen künnt, de schönste Supp, Fleesch mit leckere Bradenschü, Fisch, Kantüffeln, Gemüs, un gewöhnlich stickt dat Fräulein mi noch en Tüt mit Koken, Schickelad un Plätten ünnern Arm.«

»Is nich möglich? Wie kümmt dat denn?«

»Na, weeten Se, all' min dree Döchter hebbt nah Reeg bi de Herrschaften dree Jahr deent, un mit all' sünd se ümmer heel tofreden west. Ümmer fragt de ole Senatersch, obschöns se all fievunsöbentig Jahr old is, mi: »Na, wie geht's denn Ihre Dora, und was macht Mike, und is bei Bertha schon was Kleines angekommen? De ole Fru is all en beten vergetern. Denn Bertha ehr lütt Hans is nu ok all dree Jahr old.«

»Wat ik man seggen wull: Ut Anhänglichkeit krieg ik nu jahrut, jahrin min Sünndagsmahltied. Sünd dat nich nette Lüd?«

»Gewiß sünd se dat.«

»Un Se mögt mi dat glöven oder nich. Ik hev keen Stück von min Kleedasch an mi, wat ik dar nich schenkt kreegen hev. Jeden Wiehnachten krieg ik en nies Kleed. O, wenn dar Wiehnachtenabend fiert ward, dat schulln Se mal sehn. Denn is de grote Saal, de merrn in't Hus liggt, hell. Rund herüm staht Stöhl un Bänk, vör jeden Stohl steiht en Disch mit Geschenke. Un denn möt de ganzen Bedeenten antreden, un veele Lüd ut'n Ort, de dat nödig hebbt, kamt, ik ok, un denn ward wi all' beschenkt. Un denn ward de Lampen utdreiht un de Lichter an den Dannbom, de in de Mitt steiht, ward ansteeken. Veeruntwintig grote Mätens ut de Schol sünd denn dar un singt »Stille Nacht« un annere schöne Leeder. Ik glöv de Engel künnt dat nich beter, un wat uns' Rekter is, de sitt denn an dat grote Klavier, dar seggt se Flügel to, un speelt so lies un schön darto, dat man dat nich för möglich holen schull, dat Minschenhänn' sowat künnt.«

»Awer nu mutt ik wieder. Dar harr ik mi ja binah in't Snacken vergeten. G'n Morgen ok.«

Ik slender mi denn ok langsam wieder. Dat hoge Drahtgitter, wat den groten Park an alle Sieden ümfat, weer to Enn', un dar füng'n denn de gewöhnlichen Latten an. En Kantüffelfeld, en Rhabarberplantasch, en Grandkuhl, en Weidkoppel, un nu keem dat erste Hus. Dat Hus weer noch mit Stroh deckt, en Warkstäd darneben awer harr rode Pann'. Dar wahn en Stellmaker; man kunn't ja an dat Holtlager un all' de halwen un ganzen Wagen, an de tweien Röd un Eggen sehn. De Meister, en Mann so merrn in de Föftiger, stünn' up den Platz. Denn meet he mal mit sin' Metermat, denn schreev he de Talln in dat Taschenbok, dat dar up en Bahl leeg.

»Na, Meister muß sich immer plagen!«

»Dar hebben Se recht; man mutt ok Sünndags noch nah'n Rechten sehn, un wat dahn is, is dahn.«

»Se hebbt hier en schönen Platz. Hier kann man je de ganze Gegend öwerkieken. Dar de grote Stadt mit ehren ewigen Dunst, de Wandsbeker Torn, de Schübarg, dar de Elwgegend un en ganzen Stremel von Hannoverland.«

»Weeten Se, wenn ik min' Verscheel seggen schall, disse Platz is je noch beter as de, wo de Villa steiht.«

»Na, dat sünd je Gesmackssaken un tweetens weer disse Platz woll nich grot genog un för keen Geld to hebben. Wie oft hett de ole Senater, de de Villa buen leet, min' Vadder un de Buern prellt, se schulln em all' dit Land verköpen. He hett ehr heel veel Geld baden; awer dat weern grad so'n Kerls as de Möller von Sanßußi. De Geschicht kennt Se doch ok woll noch ut ehr Kinnerjahren.«

»So, also se wulln Vadersarv nich verköpen?«

»Ne, nich to maken. De harrn noch Rüggrat, upstunns kann man nich blot de Minschen, ok den Düwel för Geld danßen laten.«

»Künnt Se sik denn god mit ehr vörnehme Nahwerschaft stelln?«

»O ja, allens wat recht is. Wi levt as gode Nahwers tosam, un dar is je in de langen Jahren veel von dat Kopmannsgeld in unsen Ort bleeven. Un doch, wenn man so de olen Lüd spreken hört, recht is de Villa keenen. Se paßt hier nich her. Dat is grad so as mit en schönen, groten Bom, de merrn up en Buernkoppel steiht. Den bewunnert woll mennig Minsch un de Kunstmaler sett sik gar hen un malt em aff; awer de Buer seggt, he steiht dar tom Schaden, un de Timmermann meent, he ward all to old, dar harrn all vör tein Jahr Balken ut makt warrn müßt.«

»Ja, dat is woll so.«

»Weeten Se, ik günn' disse vörnehmen Lüd gern en Platz un sogar de schönsten Plätz up de Welt, dar an de Elv, an de See, in de Anbargen, awer hier in't ole Buernland paßt se nich rin. Dar is dat Land to god un to knapp to. Denken Se ok so?«

»Ja, dat is ok so min Meenung. Man weet ok noch nich, wi dat mal afflöpt. In min Heimat hett ok vör lange Jahren en grotes Sloß stahn. Nu is't all lang' verswunn'. Ut de Steen hebbt de Buern sik Schünen but, un up den Sloßplatz grast wedder Köh un Schap.«

»Ower dit Kapittel lat sik Böker schrieven.«

»De Klock sleiht all elben. Segente Mahltied.«

»Dank schön, ik meen't ok so.«

Pingsten.

Dat grötste Fest in Hamborg is natürlich de »Dom«. Awer denn kümmt Pingsten.

En Schoster, de man en lüttes Geschäft un en lütten Laden harr, hett mi mal vertellt, dat he an den Dag vör Pingsten för veertein-hunnert Mark an Schoh un Stewelm verköfft harr. Genögt dat?

Pingsten möt de Hambörger rut un en Utflug in de Ümgegend maken. Dat Wort »scheun greun buten't Dammdor« liggt denn jeden up de Tung'.

Twüschen min Geschichten dörft also en Pingstgeschicht nich fehlen, un dat mutt ja förmlich so'n Normalgeschicht warrn. –

De Familie Soltwedel bestünn' ut söben Köpp, Herr Soltwedel, Klempnermeister, Fru Soltwedel, de Swiegermudder Fru Schurbohm un denn veer Kinner. Hermann, Dora, Olga un Gustav. Hermann deen all bi de Sößunsöbentiger, Dora weer Verköperin in en grotes Geschäft, Olga weer to Hus un stütt ehr Mudder, un Gus-tav weer erst twölv Jahr old un güng' noch to Schol.

As Ostern vörbi weer, würr all an Pingsten dacht. Fru Soldwedel weer dree Dag in de Week ünnerwegs, üm so bilütten alles intokö-pen. To Pingsten müß ja de ganze Familie nie inkleedt un upstovt sien, un dat is keen Kleenigkeit.

Toerst weern se sik darin eenig, se wulln de Pingsttur gemein-schaftlich maken. Se wüssen blot nich wohen. De Landkort von Hamborg un Ümgegend leeg stännig up den Disch un kreeg von Daag to Daag ümmer mehr Fettplackens un Öllerteekens. Wo een gern hen wull, weet de annere all west un fünn' dat en langwieliges Nest.

Se weern all neeg daran, von dree Örter eenen uttolosen. Da keem Herr Soltwedel an den drütten Dag vör Pingsten mit dat Machtwort to Hus: »Ik kann mit'n besten Willen nich mit ju gahn. Süh mal, ik bün nu enmal in den Gesangverein »Ibykus«, un kann mi nich uts-luten. Uns' Vereinsweert Jakob hett för rieklich söbenhunnert Mark bi mi maken laten. He nimmt mi dat öwel un driggt mi dat seeker nah, wenn ik nich mit in de Karr hau.«

Dat weer je jammerschad, säden all' de annern Familienmitglieder; awer de meisten dachen, dat weer ok beter, wenn jeder güng', wo he Lust hen harr.

De Klock weer noch keen acht, da weer de Gesangverein »Ibykus« all up de Landstrat nah Wellingsbüttel. In de Kutsch, de vöran föhr, leeg in de een Eck de Weert mit tweehunnertunveertig Pund. Em schräg gegenöwer in de annere Eck mök sik de Präses breet. He stünn' em an Gewicht wenig nah. In de annern beiden Ecken seeten de Gesangleiter Klingel un uns' Soltwedel as Schatzmeister.

Denn keem de Bannerdräger mit sin beiden Kameraden, denn achtein Sängers, denn en grote Brick mit de Damen un toletz veer Mann mit den Schinken.

Den Schinken drögen se up en Brett. Up jede Eck von dat Brett stünn' as Eckpieler en brune Kruk mit Gedrünk.

Dat weer doch en würdigen Affsluß.

Klock neegen weern se bet nah de Poppenbüttler Slüs' kamen. Dar müssen se Statschon maken un Fröhstück eeten. An den Sandweg, de von Sasel kümmt, läden se sik, as se ehr dree Leeder tom Besten geben harrn, in Gras un Heid dal.

Junge, wat smeck dat. Twee von de brunen Kruken weern darbi lerrig worrn un würrn, as sik dat hört, an en Steenhupen tweismeten. De ganze Verein keem bilütten in Stimmung, un as se sik öwer en gemeinschaftliches Leed nich eenig würrn, füng' jeder up sin egen Fust. Darbi wurrn se wedder hungrig. As awer de Schinken tom tweetenmal ansneden warrn schull, da weer he verswunn' un nich wedder uptodrieven. Dree Vereinsmitglieder stellen sik ok nich wedder in.

Dat weer argerlich un gev dat Teeken tom Upbruch.

Klock dree weern se glücklich bet nah Rodenbek kamen. Dar weer dat so vull, dat se kum Kaffee kriegen kunn'. In dat Holt verkrömeln sik wedder welk, un blot de Olen bleeven standhaft bi de Fahn.

Nah en Stunns Tied keemen söß Mann wedder. Se keemen mit lange Gesichter, un en Buer weer bi ehr, de föhr dat Wort un dat schien nich fründlich to sien.

De Sak weer de, se harrn blot beten Grieper un Verstek in sin' Roggen speelt, un nu schulln se tein Daler betahln. Wenn se dat godwillig däden, denn wull he de Polizeibehörde nich erst mit dissen Fall ok noch belästigen.

Se beraden sik noch lang'. Awer de Buer puch up sin Recht un störr all mit den eeken Handstock up de Eer, dat he to sin Geld keem. Herr Soltwedel müß also in den Vereinsbüdel stiegen un de tein Daler spring'n laten; denn de Anstifters säden, dat keem nich up ehr egen Kapp, dat harrn se von Vereinswegen to de Ünnerholung von de Damen dahn.

Dat schull egentlich noch wieder, ganz bet nah Wohldörp gahn. As se awer so recht sluerohrig in't Holt stünn', hörn se dat in'n Westen rummeln, un as een von de Maten in't Frie löp, keem he mit de Botschop wedder, de düsterblaue Bank keek all öwer dat Trilluper Herrnhus röwer.

So hölln se dat för't Beste, to Hus to föhrn un to marschiern. Günt up de Strat hör man noch ümmer: »Nach der Heimat geht es wieder.«

In jeden Krog rüken se mal vör un stöhlen sik vör den Regen glücklich nah Hamborg rin.

Fru Soltwedel weer nich so waghalsig as de annern Vereinsdamen west. Se harr ehr bestimmten Grünn'. Utslaggebend awer weer ehr Swiegermudder. De kunn keen grote Tur mehr maken un müß sik an de Bahn holen. So weern de Beiden denn nah Neiendörp föhrt, wo dat ok ja ganz schön is. Dar weer dat ok proppenvull von Minschen; awer man kunn doch Kaffee kriegen. Bi dat Kaffeedrinken würrn se mit en gegenöver sittende Familie bekannt, un dar verklöhn' se de Tied. Swiegermudder würr darbi bannig hungrig. Awer se kunn nich an to eeten fang'n; denn wiel se keen Brotkößen un keen harde Plätten bieten kunn, harr se sik twee schöne Pannkoken mitnahmen, un de kunn se doch ut Schenierlichkeit nich wiesen. As se endlich awer alleen weern un nah ehrn Handkuffer lang', da hüng' dar dat Papier all so verdächtig rut. Un richtig, de Pannkoken weern weg. Dree Schritt von ehr seet en rugmuligen Köter ünner den Stohl von en dicken Herrn, keek ehr verdächtig an un lick sik noch ümmer mit de rode Tung' üm den Bart.

»Aas du!« röp se em to un perr mit'n Fot dal. Da knurr he noch, as wenn he ehr bieten wull.

As Fru Soltwedel bi Sünn'ünnergang nah de Husdör rin wull, reet en Nahwerfru dat Finster apen un säd: Ihre Olga ist auch schon hier. Sie ist bei uns. Sie hat'n bischen Pech gehabt. Sie ist mit mein Hertha nacher Haake gewesen un is da aus Schaukel gefallen. Auf Dampfschiff ist sie noch beinah ohnmächtig gewesen. Nu ist sie aber wieder mobil und lacht schon wieder. Sie haben ihr natürlich in Droschke packen müssen. Die sechs Mark hab ich für Ihnen ausgelegt.

De Jung, de Gustav keem so gegen Klock tein. He weer noch heel blaß. Denn he weer mit mehrere Scholkollegen nah Lüttensee föhrt. Wahrschienlich harrn se smökt oder Beer drunken. De Mudder höll dat för't Beste, em to Bett to packen. As se em de Büx von de Been hölp, kreeg se awer to sehn, dat de nie Pingstbüx ganz grön weer un en grote Ratsch harr. Da kreeg he flink noch dree in'n Nacken, un se güng' mit tranende Ogen ut de Slapstuv.

Olga keem erst nah Mitternacht. Se weer mit en ganz Köppel nah Ahrensborg west un harr dar en beten danßt.

Hermann keem öwerhaupt nich. He weer woll leewer glik nah de Kasern gahn. Awer vörfolln weer dar doch woll wat; denn he kreeg in de nächsten veer Weeken keen Urlaub wedder.

Vadder keem veel later. Se harrn in ehr Vereinslokal noch en paar Slummergrog drunken.

Fru Soltwedel wak an'n annern Morgen liekers wedder fröh up. Dat weer ehr, as wenn se in de Feern en Damper rummeln hör. Awer wat kreeg se en Schreck, as se dat Finster apentröck. De ganze Slapstuv weer vull von Maisebbers. Twee Zigarrnkisten vull harr Gustav von Lüttensee mitbröcht, un de harrn sik in de Nacht doch Luft makt un weern utflagen.

»O min schönen witten Betten, vörgestern hev ik ehr erst frisch öwertrocken.«

Acht Dag nah Pingsten stell' Dora sik mit en jungen Minschen in. De höll üm ehr Hand an un kreeg ok dat Jawort. Dora harr all bi ehr Mudder Vörpahl slagen un ehr in dat Pingstgeheimnis inweiht.

Un de Mudder harr je bald rutklamüstert, dat dat nich blot en strevsamen un örntlichen Minschen von gode Herkunft weer un dat he sik all 2145 Mark upspart harr. Also mit een Wort en nette Partie.

Un so ennig denn dat Pingstfest nich, as man erst dach, mit allerhand verdreetlichen Hackmack, nee, mit en würklich grotes Familienereignis, un all de annern Kram würr ünner de Föt peddt, belacht un vergeten.

Zigeuners.

»Tüg von de Lien un Hunn' rut!«

»»Wat is dar denn los?««

»Nerrn an de Alsterbrügg liggt Zigeuners.« Dat duert denn ok nich lang', so kamt se de Strat rup. Up de een Siet von de Strat twee Fruens mit en halv Dutz Gören achter sik, up de annere ok twee, dree, veer, – twee mit inbünßelte Kinner up de Nack. De swarten Haar, de brunen Gesichter, de witten Tän', de bloten Föt bruk ik nich to beschriewen. Ik wunner mi bi de Zigeuners blot öwer twee Deel: dat se dat ümmer so fürchterlich hild hebbt, obschöns se in de Welt garnix to versümen hebbt, – un tweetens is mi unbegrieplich, wo se all dat bunte Tüg herkriegt, dat an ehrn Liew wedder as Pulten un Palten in den Schoot von de Natur öwergeiht. In jedes Hus hebbt Fruens un Kinner wat to dohn: Brot, Melk, Speck un Eier köpen – köpen seggt se, un nich betahln meent se –, Band un Tweern verköpen, wahrseggen, Karten leggen un sünst noch allerhand. Wenn man ehr awer den Bessensteel wiest, denn hebbt se man blot en beten Water drinken wullt, un se sünd de unschülligsten Minschen von de Welt.

An die Ostsiet von de Alsterbrügg liegt allerhand Land, wat de Minschen nich mit Escher un Plog bearbeiden künnt, luter Buhln un Bargen, wat is to natt un wat to drög, dar waßt Heid un Brahm, Brummeldorn un Ellern dörchenanner, dar purrt de Lüd Sand un to Pingsten smiet se ehr tweien Pütt un Pann un wat se sünst nich mehr in't Hus bruken künnt, dar hen un dat is denn grad so, as wenn man en schönen Blomenstruß mit Semp beklackert.

Dar is de Zigeunerplatz. Dar holt een, twee, dree, veer, fiev Wagen. De Peer sünd all utspannt un grast, wo en Halm to finn' is. Dree Kerls kamt ok all mit grote Bünnels Gras von't Feld. Dat binn' de schönste Hawern versteeken is, ahnt mennigeen nich, un wat de Buer nich weet, makt em nich heet.

Up dree Stelln bi de Wagens brennt all Füer, un Fruens un Kinner hanteert darbi rüm.

Wenn awer en Minsch so oder so den Weg kümmt, denn störrt de Jungs up em to: »Gib mich, Vater Sigarr, gib mich di kleine Stummel, wo doch nich mehr brauchst.« Un de Deerns verfolgt en paar hunnert Schritt den Wannersmann: »»Lieber, guter, schöner, junger Mann, schenk mir ein Grosch für arme, kranke Muhter, – Erbarmen, junger Herr.««

Nu kümmt de Jäger. He is togliek Feldjäger. He hett dat all vör en paar Stunn' scheeten hört un geiht nu driebens up en Füer to, nimmt den Deckel aff un kiekt in den groten Ketel, wo en Supp oder Brie in kakt, de man in keen Hamborger Spieshus up de Kort finnt: Kantüffel, junge un ole Bohnen, Arfen mit Slu, Röben un Fleeschstücken, Knaken, Wötteln, Krut, un de beiden groten Klumpen?

»Nein, nein, Herr Ferster, wir sein errliche Leit, wer schießen kein Tier nich, es sein kein Hasen, es sein nur – Sweinigel.«

Dat junge Reh, wat de een Kerl schaten hett, dat ward erst brad, wenn de Jäger slöppt, nah Middernacht, denn den Glücklichen sleiht keen Stunn'.

Den annern Dag is Sünndag. De Zigeuners sünd all fröh in de Been. Dar an de Slüsenkuhl liggt dree Bengels to angeln. Dar ünner de Wiechelnwried hukt de Ol, de Fischermeister, de de groten Karpen un dicken Aal fangt. Annere stovt de Peer up; denn up Peerhannel ludt ehr Gewarvschien.

Klock neegen pleggt de ersten Hamborger Utfleegers to kamen.

Dat weet ok de Buttjers, de Diemensleepers un Feldschünbewahners. Twee un twee pleggt se antokamen. De Infahrt von Poppenbüttel dat is ehr beste Gegend. Wenn man dar in en Stieglock oder achter en dicke Eek upeenmal en junges Päar oder en Dam up'n Liev rückt mit dat belämmertste Gesicht von de Welt un den Hot mit de holle Sied nah baben, so rückt se ut Angst oder üm den Kerl los to wardn, licht mit en Nickel rut. Nu aber ward se de Zigeuners gewahr, un da ward ehr to Mot, as en hungrigen Minschen de mank dat Brot up en Steen bitt, dat em de ganze Breegenkasten gnetert.

Se schimpt sik noch tein Minuten mit dat »swarthaarige Luspack« un gaht denn wieder.

Wenn de Minschenstrom dichter ward, denn is't Tied. An een' von de Wagens steiht en junge Zigeuner mit lange Künstlerhaar. He wichst den Fiedelbogen, schüvt de Vijol ünner dat Kinn un lett de langen brunen Finger öwer de Siden lopen.

Dat duert nich lang, so staht twintig, dörtig Minschen um den Muskanten; welke singt mal mit un welke versökt mal, en Danz afftopedden.

Wenn de ole Moder denn mit dat geelmischen Becken kümmt, üm för den Söhn, de so »ville Geld auf Konservatorium« kost hett, to sammeln, so lett sik keener lumpen.

Un an den Stieg dar staht Fruens un Mätens. Se hebbt sik in ehrn besten Staat smeeten un de Haar so fett inölt, as wenn de Bull ehr lickt harr.

De een hett en lütten jungen Minschen un en slankes Mäten (denn dat is upstunns Mod un bi de Rovvagels ok so) vör sik un lett de Karten dörch de Fingern glieden. Dat hör sik grad so an as in en richtigen Roman: Verslungene Knuttens un bunte Weg, böse Fiend-schaft un Schicksalstück, harden Kampf, Vertwieflung, toletz awer fustdickes Glück, rieken Unkel, Goldklumpen un Hochtied. Dat Ganze kost man een Mark, un wer sik up en Duppeltmarkstück wat wedder rut geben lett, de is in min Ogen en Unminsch.

Swarer is de Kunst, de de Olsch dar an de Eek mit en öllern Herrn bedrifft. Ut de Linen un Zirkels von sin Hand list se mit sware Mög rut, wat em noch all bevörsteiht, un he kann von Glück seggen, dat se noch den enzigen lütten Strich von dat Unglück as Utweg finnt.

Von föftig Penn' as so'n Wegwieser kann man gewiß nix seggen.

Vundag harrn de Zigeuners to veel Glück. Gegen Abend keem en grotes Auto, höll still, en Herr steeg ut, verhannel mit de Swartköpp un nu keem Leben in de ganze Bann'. All de Peer würdn ranhalt, dat Füer müß brenn', de Künstler müß fiedeln, de Deerns stelln sik tom Danß up. En lange Dam in en sieden Mantel steeg mit en lütten Kasten ut dat Auto un knipps dat Zigeunerlager von dree verschiedene Punkte aff.

»Zwanzig Mark ist zu wenig, gnädigster Herr, Gott« – dat is ehr Hölpsmaat bi de taagen Minschen, de nich god affhaarn wüllt – »wird es Sie vergelten, geben Sie noch'n Taler!« Na, de Dam wull geern ehr »Serie« von Minschen bi Hamborg rüm vull hebben, wat schull he maken.

Awer wat's dat?

Dat sünd de Vörsteher un de Schandarm un noch en paar Herren, de seht garnich darnah ut, as wenn se sik wahrseggen oder wat vörfideln laten wüllt.

Ne, se sökt de Wahrseggersch mit de dicke Bernsteenkeed üm den Hals un de annere mit de veelen sülwern Ringen an de Fingern; denn een von de beiden hett een Herrn sin gollen Uhr stahln. As he in'n Krog Kaffee drunken harr un nah de Klock sehn wull, würr he dat erst wies. He mutt awer nah de lange Ünnersökung bekenn', dat de beiden dar nich mehr mit mank weern. Se harrn sik to rechte Tied ut den Stoff makt.

Toletz stell de Schandarm de Amtsmien up un röp mit sin heesche Stimm': »Nu aber raus!«

De Alsterfischers.

De Klock slög twölv. Dat weer en warme Augustnacht. Dat Gewitter harr sik nah Nordosten vertrocken. Ok de Regen weer binah vöröwer. All de Lichter weern wedder utpußt. Blot bi min' Nahwer Plath spöker noch en Latern rüm, bi't Hus rüm, in den Gaarnstieg henlank un nahsten in de Allee ümmer de hogen Linn'böm hendal. Dat weer he sülben. He wull Metten sammeln. Nah en warmen Regen krupt se rut ut ehr Löcker un wüllt ok mal dat schöne Leben baben de Eer geneten. Awer dat hett ehr bannig begriesmult. In Plath sin' lütten Emmer is dat ken Spoß mehr.

Den annern Morgen kreeg he sick en Breefbagen ut sin Schatoll, stipp dreemal in den Blackputt un schreev an sin' Söhn: »Lieber Hans. Übermorgen, also am Mittwoch mußt Du mal rauskommen. Denn wir haben nu richtig so'n aalbieten Wetter, wo ich schon lange auf gelauert hab. Ich habe in der Alster eine Strecke entdeckt, wo noch kein Mensch nich gewesen ist. Da war an der Kant noch gar kein dalpeddtes Gras, und die Netteln und das Schelp wokern da noch gans hoch. Ich bin schon um 5 Uhr da, und um 6 kannst Du da auch wohl schon sein. Blang Behn seine Sandkoppel eben bei die dritte Eiche vorbei geht so'n Hasensteig. Da mußt Du in dalgehen, dann triffst Du mir. Angeln, Metten und all das andere habe ich bei mir. Aber Brot mußt Du für den ganzen Tag mitbringen; denn man kann ja nicht wissen. Wenn es fix beißt, müssen wir da bleiben, bis kein Steert mehr anbeißen will. Bischen Konjack kannst Du eventuell mitbringen.

Dein treuer Vater.

Noch eins! Du darfst, wo du abbiegst, nicht so in das Sand oder in das nasse Gras pedden, daß kein Mensch einen Animuß von uns kriggt, auch der alte Fuchs von Jäger nicht.«

– Densülwigen Dag stünn' in en Laden von en Kopmann in Hamborg, de mit Jagd un Fischeriegeräten hannelt, twee Herrn un köffen in: veer lange Angelstöcker, de sik tosamschuven lat, Snör, twee Dutz Angelhaken, en grote Heekangel, en lütten Ketscher, en Fischnett, en Buddel mit Zigeuner-Fischwitterung un sünst noch allerhand. In'n Ganzen för 57,50 Mark. De Kopmann wünsch ehr »Petri Heil!«, un as se ut de Dör weern, smustergrien he. –

As Hans Plath den drütten Morgen bi de drütte Eek an Behn sin Koppel dalgüng', stünn' sin Vadder all an de Alster. O wat weer dat schön. Dat weer so still, dat man en Mus in dat Reedgras gnabbeln hören kunn. Aff un an kurr en wille Duv in de hogen Dann gegenöver.

Öwer de Alster un öwer de Wischen leeg noch so'n fienen blauen Dak, wo de Wiechelnbüscher, de swarten Pinsels von dat hoge Reed, de roden Köpp von den Waterdosten un de witten Bekers von de Winn' man eben rut keeken.

»Goden Morgen, Vadder, na, hest all wat?«

»O dat geiht, siev Aal, acht Bars stekt all in'n Büdel. Awer ik hev ok all Unglück hatt. En Hek hett mi de Krutsch affreeten un seet nich fast, un en Aal hett mi den Haken in'n Stubben halt, dat ik em affrieten müß.«

Un nu angeln un angeln se, denn mal'n Aal, denn wedder en Bars, un mennigmal füng' ok een von de beiden an to schimpen, wenn dat mit en schönen Beet nich glücken wull.

»Nu will ik mal en Kantüffel upsteeken, dat kümmt mi so vör, as wenn in disse Kuhl noch wat Grotes sitt!« meen Hans.

Un richtig. Nah en Vittelstunn' füng' de een Pos an wegtoscheeten, un as he anträck, seet dar en groten Karpen an.

»Nu paß awer up. Lat em nich in dat hoge Krut scheeten. Erst möd maken, so is't recht, ümmer in de Kuhl laten!«

Darmit lang' he en Ketscher her, schöv em achter den Karpen an, un Hans leet em vörsichtig in den Ketscher glieden.

»Junge, dat is en fixen Bengel; de wiggt seeker en Punner fiev. Harrn wi von dat Slag noch en paar mehr.«

»O Düwel, wat's dat? De Heekangel drifft je bald merrn in de Alster, dar's ok wat an, kiek, watt he ritt.« Ünner en Wiechelbusch up de anner Siet kreegen se em tom Stillstand un lies tröck Vadder Plath em ran. De grote Rachen keem tom Vörschien. Vadder höll den Ketscher ünner, un da harrn se den groten Röver, dar fehl nich veel, denn harr he doch noch de Snoraffreeten.

So würr dat Fröhstückstied, un so würr dat Middag. Se eeten mal, wenn't smecken wull un nöhmen en Sluck darto. Se wesseln ok mal den Platz, se leegen ok mal in't Gras, un de grote Büdel würr bilütten vull.

So üm Kaffeetied keem en Boot de Alster rup. Dar seeten dree Herrn in. Twee kennt wi all. Dat weern de ut den Laden. De drütte awer schien de Hauptmann von dat Komplott to sien: »So hier müssen wir anlegen; hier sind tiefe Stellen mit Aalkraut, da liegen die fetten Biester in.«

Se möken nu dat Boot fast un füngen an uttopacken. Wullne Deken, wo se up liggen wulln, en groten Schirm gegen Sünnschien un Regen, dree grote Reiskuffers mit Brot un annere Eetwaren, en Spritkaker, Konservendosen, en Bratpann', üm dat Sprickwort von de »frischen Fisch, gode Fisch« wahrtomaken, de veelen Angelgeräte, di niesten Zeitungen un noch veel mehr. Denn füngen se an, de Büscher un hogen Planten afftosnieden, de ehr in'n Weg stünn', un denn kunn't bilütten losgahn.

»Je, nu saagt mal, was wollen wir denn für Fische fangen?« frög de erste Herr, den dat Boot tohör. Un so würr denn affmakt, de erste schull Bars angeln, de tweete schull Grundangeln up Aal stelln, un de drütte schull erstmal mit Brot up lütte Wittfisch versöken, dat se up de Heekangel en Lockfisch kreegen.

Dat glück ok richtig. Nah en halve Stunn' seet en Rotog an den Haken un de keem nu an de grote Heekangel. De annern beiden awer kreegen nich en Beet; denn dörch dat veele Hantieren in de Büscher un in dat Reed harrn all' de annern Fisch Rietut nahmen.

Vadder Plath un sin Söhn seegen sik ut enige Entfernung de Fischerie mit an un harrn ehrn Spaß.

Up eenmal würr dat en Larm bi de dree Sportslüd. En blinn' Hähn finnt ok jo mitünner en Korn un de dummsten Buern but mitünner de grötsten Kantüffeln, un so harr de een hungrige Heek den Wittfisch öwerslaken un tröck damit unner'n Busch.

As se noch darmit tasen und tucksen, keem en Boot de Alster daltoscheten. Twee Herrn seeten dar in, un en Dam leeg merrn in't Boot un gnabbel Schokolad. De Herr, de achter seet. leet en Blänker achteran strieken, un as se nu mit den Strom rasch darhenschöten, vertüder sik de Blänker mit de Heekangel. De Herr von den Blänker kreeg em to sehn un meen nu, dat he em fung' harr. Un as he em nu nich rut kriegen kunn, wiel de Angelfischers ok reeten, hau he mit sin Ruder nah den Heek, dröp em awer nich; awer de Angelsnor un den Blänker hau he aff. Nu würr de Heek frie un schöv sik mit en Enn' von de Snor in dat Krut dicht bi Hans Plath. De dreih nu dat Snorenn' an de Spitz von sin' Angelschacht fast un tröck em rut, ahn dat de annern Fischers dat wies würrn. Em weer dat würklich nich üm den Heek to dohn; awer dit mök em doch to veel Spaß. Bi de Annern awer würr de Larm ümmer gröter. De lütt Dam weer näm- lich ut ehr Küssen un Deken rutkrabbelt, harr sik upricht un von dat Rieten üm den Heek füll se glatt in't Water. Da müssen de beiden Herrn ok to Water an un müssen ehr wedder rutbörn. Dar stünn' se nu an't Öwer, natt as en Pudel un ween ehr snapplangen Tranen. De beiden Bootfahrers awer schimpen sik nu noch duller mit de dree Angelfischers rüm un dat güng' dicht bi en Prügelie her.

Dörch den Larm weer nu een upmerksam worrn, de dar mit sin Flint mank de Dann' un Ellern nah wille Karnickels hensleek. Dat weer de Jäger un Feldhöder Timm. He keem ran un hör sik den Striet mit an. Toletz awer sett he en ernste Mien up un frög, wat se dar egentlich in de Wisch to söken harrn. Dat Anleggen un Betreden weer hier bi siev Mark Straf verbaden; ob se dat grote witte Schild nich lest harrn. He weer awer en öllern vernünftigen Mann un leet mit sik reden. Se säden, se wulln ok gliek den Platz verlaten. Tom Dank steeken se em en Buddel goden Wien un en Dutz Zigarren in de Tasch, un da slög he sik wedder in die Büsch.

As de Luft wedder rein weer, kröpen Plath un sin Söhn achter ehrn Busch rut, un de Ole pedd sik ganz oldmödig nah de Angelfi- schers ran: »Na, nix fung'n vundag?«

Ne, dat wull nich recht bieten, un nu vertelln se em dat Unglück mit den Heek un de dummerhaftigen Bootfahrers, de ok fischen wulln un nix darvon verstünn'. Ob he denn wat fung' harr. Ja, dat güng', en Heek von fiev bit söß Pund harr he dar noch achter'n Busch liggen.

Ob he ehr den nich verköpen wull? Ja, wenn se anstännig betahln, wull he ehr den Gefallen ditmal dohn, blot dat se nich mit lerrige Hänn' wedder to Hus ankeemen.

Se würrn sik toletz üm twölv Mark eenig, un up beidersiedige Tofreedenheit würr de Hannel affslaten.

Plath un sin Söhn möken sik nu up den Heimweg, un de dree Anglers steegen ok wedder to Boot an un föhrn to Hus. Ünnerwegens awer hebbt se sik en Geschicht utdacht, wie se sülben den groten Heek fung' harrn, un mit Handslag un en goden Sluck ut den Konjakbuddel hebbt se sik dat Verspreken geben, dat nüms dat Spill verraden schull. Den annern Dag weer bi den Tollbeamten Suhr en gemeinsames Heekeeten. Dorbi hett de Köksch noch en nettes Geschäft makt. As se nämlich den Heek utlümpen wull, da harr he nämlich nich blot twee Fisch, nee, ok en grote dode Rott in'n Magen, un da hett Suhr ehr flink en Duppelmarkstück in de Hand drückt, dat se man reinen Mund höll.

En Wiehnachtsfahrt.

Wiehnachten is vör de Dör. Un denn möt wi Butenminschen ümmer mal to Stadt, dat mag sneien oder regen, un wenn dat Tremeter ok söben Nummers ünner den Aichstrich steiht, un wenn ok jeden Dag in Lemsahl Hasenjagd is un wi so schön de »Vermißten« söken kunn', hen möt wi.

Bi uns föhr noch ümmer de Onibus. Dat weer uns' Rettungsanker, wenigstens för all' de Lüd', de all en beten swack up de Achterbeen stünn', un för all de Fruens, de mit so veel Pakete beladen weern, as de Dezember Dag hett. Darüm lat ik ok nix up de Onibus kamen un will ehr nich erst ümdöpen in »der Omnibus«, as de neegenklooken Lüd dat verlangt. Un wat'n richtigen Hambörger is, de steiht up min Sied un seggt ok noch ümmer: Ich bin mit die Onibus gekommen.

Wiehnachten hebbt wi in unsen Ort (»Dörp« dörv ik all lang' nich mehr seggen), en grotes Fest. In de Kriegstied en Fest? Ja, da is nämlich en Kriegsfest, en Kriegskinnerfest, en Kriegs-Kinner- un Fruens-Fest. Denn schüllt all de Kinner un ok de Fruens en Bescherung hebben, de den Versorger in't Feld hebbt. Un wenn de grote Dannboom mit all' sin Hack un Mack un Back so hell strahlt, denn möt de Kinner doch en paar Leeder singen. Un up dit Flag schull ik denn to dat Fest in de Speeken griepen un de Leeder inöben. Nu fehln uns awer twintig Leederböker, un de müß ik flink besorgen. So steeg ik denn middags in de Onibus.

Een, twee, dree, veer, fiev, söß, söben Fruens un dree Kinner seeten dar all in. Makt nix, mi füll noch grad to rechter Tied dat Sprickwort von de gedülligen Schap in.

Dat weer ok heel ünnerholend in den Kasten. Dat weer en richtigen Klöhnkasten. Wat ik dor all' in to hören kreegen hev, dat geiht nich in dree Nummern von de »Hamborger Woch« rin. Von den Bargstäder, Tangstäder, Poppenbüttler un Wellingsbüttler Fruenverein, de all' so för ehr Kriegers sorgt as Isai för sin Söhns, de mit Saul int Feld trocken weern. Von de verwund'ten Krieger, un wat de gesunden ut de Schüttengrabens schreben harrn. Wat de Swien kost, wie düer dat Gaßenschrot nu all is, un dat de infamten Höhner nu grad in disse Tied keen Eier leggen wüllt. Worüm die Isenbahn noch ümmer nich lopen will. Dat de un de gar keen Kriegsünnerstüttung weert sünd; denn ehr Mannslüd hebbt sogar Geld ut't Feld schickt. Dar hebbt se sik nu en nien Wintermantel to 52 Mark oder en Hot to 38,50 Mark köfft. So'n Sünn' un Schann'.

Prrr!

Wat is dar denn nu los?

Mudder Ottsch will noch instiegen.

Een, twee, dree Pütt stellt se rin; een, twee, dree Kruken schüvt se achteran; een, twee, dree Paketen smitt se nah, un denn klattert se sülm mit'n groten Korf, mit'n grote Muff un mit'n groten Regenscherm nah. Un as dat nu up de Bank un tenßen Föten gehörig verstaut is un de Olsch wedder to Pust kamen is, vertellt se, dat se vör dree Dag en Swien to 315 Pund slacht hedd. Ehr Nahwersch harr ümmer seggt, dat wög keen 300; nu harr se (Mudder Ottsch) doch recht kreegen. Un in de Pütt weer Swattsuer, in de Kruken Wittsuer, un dat annere weer Smolt un Knabbernad – för ehr dree Döchter, de in de Stadt verheirat weern. De ehr Keerls weern all mit in'n Krieg. De een leeg in'n Schüttengraben in Frankriek, de annere luer up sin Schipp up de Engellänner, un de drütte hörr gefangene Russen in de Lüneborger Heid. Un denn keem de ganze Naturgeschicht von de Swiegersöhns, wat se weern, woveel se verdeenen un wie god ehr Döchter dat harrn. Un nu de Kinner, de smucken, kloken Kinner. So klok, dat ik mi in'n Stillen fragen müß: Wo kamt denn all' de dummen Olen her?

Keen von de annern Fruens keem wedder an't Wort. Mudder Ottsch harr dat Zepter un leet dat nich wedder los. Ehrer wi uns recht verseegen, heet dat wedder Prrr! un wi weern in Olsdörp. Ik klatter flink öwer de Swattsuerspütt ut de Onibus, löp nah den Bahnhoff un steeg in de Hochbahn, de erst vör en paar Dag in Bedriev sett weer.

Bi'n Millerndor steeg ik ut un driesel mi mit de Gedanken an Bismarck vörbi, wat he woll to den Krieg seggt un wo he mit sin Isenfust woll togreepen harr, wenn he noch in sin Jahren west weer.

Up'n Grotenneemarkt is veel to köpen. Dat is noch en Stück von Oldhamborg. Dar gah ik ümmer gern mal hen. Dar ward an frie

Dischen un in lütte Telten verköfft, wat to't minschliche Leben hört, un de Verköpers sünd luter echte Hamborger »Originale«, ok de Fruenslüd. Dar sünd ok veer oder mehr Boden mit geistige Nahrung, un billig is se. Dar sünd Böker, un wat dar an bimmelt un bammelt.

Ik bliev denn bi en lütte Fru stahn un frag ehr, ob se hüt Hambörger Leederböker up Lager hett. Ja, een is awer man dar. En Dutz hett se awer noch to Hus. Wenn ik morgen wedderkamen wull, denn wull se de all' mitbringen. Nee, wedderkamen kann ik nich. Na, denn will se se halen. Denn schall ik mi man ruhig up den Stohl achter den Bökerdisch dalsetten. In fiev Minuten is se wedder dar.

Oha! Na, denn man los.

Mi güng' dat nu binah ebenso as den Wulf in dat Märken, as he mal en Minschen kennen lehrn wull. Blot ümgekehrt, ik wull keen' bi mi sehn. Un doch güng' dat grad so as in de Geschicht: Toerst keem en gatlichen Jung, stell sik vör mi hen un frög: Ham Sie Pinkertons?

Ja, gehabt habe ich welche, hier is ja 'n ganzen Stapel.

Nein, das sind nicht von die echten.

He füng' awer doch an to söken un fünn' dree von de richtigen Nat Pinkertons rut.

Was kosten die?

Stück 'n Groschen.

Nee, min gode Mann, mehr as fiev Penn hev ik noch nich eenmal geben.

Na, denn nimm se man mit.

De föftein Penn harr ik binn'. Wenn nu de gode Fru man wedder keem. Ik kreeg dat all mit de Angst. Se keem awer nich. Awer en junge Minsch keem, füng' mank den Notenstapel an to blädern.

Ob dar gar keen Zithernoten mank weern.

Ja, mank west weern dar 'n paar.

Richtig, twee Dinger grabbel he sik dar rut.

Kosten?

Stück tein Penn'.

Wedder keek ik vull Sehnsucht, vull Lengen wull ik seggen, nah de Micheelskark lank, grad as de Schipper in sin' Kahn nah de Lorelei-Jungfru. Awer an ehr Städ keem en breetschullerigen Matrosen un frög mi nah en Breevsteller, wenn man mal an sin »Liebe« schrieben wull. Verdori! Mi stünn' de Sweet ünner'n Hot. Ik reet en Bok nah dat annere rüm; Ne, hatt hev ik so'n Ding, awer vergreepen is he nu, kamen Se morgen mal wedder.

Mi weer to Mot as de Wulf, de »Krut un Lot« (Pulver un Blie) üm de Ohren kreegen harr.

He steek sin Sotthaken wedder an, spee mal recht kräftig ut, smustergrien un säd: »Weeten Se wat? Se sünd 'n groten Böhnhasen vör mi. Ik belach di mit din ganzen Bökerkram. Ik will mit min Liebe woll farrig warrn.«

Ja, dar weer ik ja ok fast von öwertügt. Un ik frei mi, as he mi sin' breeden Puckel todreiht harr.

Min Lag würr ümmer vertwievelter. Denn nu slentern twee von de Fruenslüd an min Geschäft vörbi, de hütmiddag mit mi in de Onibus seeten harrn, swiestern sik wat to, un de een keem klok nah mi ran un säd: »So, nu wissen wir auch, wo Sie mit die Bücher abbleiben, die Sie immer schreiben!«

So, nu weer ik as fleegende Bokhändler upn Hambörger Grotenneemarkt entdeckt, entlarvt will ik mal seggen. Dat müß ok grad noch kamen.

Tom Glück awer keem nu min Rettungsengel mit en ganzen Packen Leederböker, dat Stück föftig Penn', un dree, de binah ganz nie weern, sößtig Penn'. Ik betahl mit Freuden dat Geld un leewer ok de 35 Penn', de ik in't Geschäft böhrt harr, to vulle Tofreedenheit aff.

Nahsten hev ik noch bi Heckel en Patschon sure Aal eeten, en Kros Beer darto drunken un bün tofreden mit mi un de ganze Welt wedder nah Olsdörp föhrt.

Dar höll de Onibus all prat. Awer dat güng' erst en halv Stunn' later los, wiel een von de Fahrgäst ut Barmbeck telefoniert harr, wi schulln man noch »en beten« töven.

Endlich ßuckeln wi los, rin in de düstere Nacht. Nee, ganz düster weer dat doch nich bi uns. Dar glös en lütte Lamp bi uns, un mi füll ümmer dat ole Leed in: In Myrtills zerfall'ner Hütte schimmerte die Lampe noch. Se mök sik awer up annere Art bemarklich, se kettel uns dermaßen in de Ogen un in de Näs, dat ik mi mit Verlöv von de Fruens en Zigarr ansteek. Dat harrn twee annere Herrn all vör mi dahn, bald kunn' wi uns nich mehr sehn, un de lütt Lamp slöp vör Atennot un Vertwieflung in. Dissen Abend harr Mudder Ottsch, de wedder to de Reissellschopp hör, nix to seggen, rein gar nix. De een von de beiden Herren harr en Stimm as min' Nahwer sin Steweln, wo de Leddersahl ümmer mit de Korksahl tosamen schrammt, un de annere bluwwer ümmer so dull as dat Water in'n Mündpahl von unsen Kopperdiek, wenn he plitsch, platsch vull is un veel Druck hett.

Se snacken von en Peerhannel, de bi Tondern sin' Anfang nehm un nu mit en groten Prozeß in't Flensborger Landgericht mit Hüen un Perdüen un dreeuntwintig Tügen to Enn' föhrt wardn schull. Denn in disse Kriegstied, wo all de goden Peer ok mit uns' goden Kriegers in't Feld rückt weern, harr de gnittscheevsche Köper sik doch seggen müßt, dat so'n Peerd en lütten Fehler harr.

Eenige Fruenslüd sleepen, en paar lütte Kinner weern mank de Wiehnachtspakete in't Stroh folln un snarken dar.

Endlich rummeln wi öwer de Poppenbüttler Alsterbrügg; ich slög min Leederböker up de Schuller un harr wieder keen' Schaden leeden as rode Ogen un en rugen Hals. Aber so wat mutt man mit in'n Koop nehmen bi en Wiehnachtsfahrt.

De goden Nahwers.

Vör föftig Jahr wahnen hier in Hogenklint noch luter Buern un en paar lütte Handwarkers. De Hüser weern bet up de Smed' un dat Scholhus noch mit Stroh deckt, un de meisten Katens harrn noch keen' Schosteen; de Rok tröck noch ut de Grotdör un de Ulenlöcker. Hüttodag is dat ganz anners wordn. Schooßee, Isenbahn, elektrisch Licht un Autos sünd introcken. Vör »Stadt Hamborg« steiht en Husknecht un en swatten Kellner; wo fröher de Schap up den Dörpsplatz leepen, da is en Tennisplatz, un wo Tweern-Lise fröher in en lütte Kat Band un en beten Schörtentüg verköff, steiht nu en Warenhus. Keen Spinnrad, keen Döschflögel un keen Blarrpiepen sünd mehr to hören. Awer Klaviers brummt mit'n elektrisch'n Strom, un de Kinner up de Strat snackt geel. Tachentig witte un rode Villas staht in Gorens un Parks, un fiene Herren lopt morgens nah'n Bahnhofs un ehr Fruenslüd abends, de Mannslüd, dat se in't Geschäft kamt, un de annern abends in't Theater. Se hebbt dat bannig hild un möt de Zeitung in de Isenbahn lesen.

Andrees Brügmann hedd dat gar nich hild. He is noch een von de olen Buern. Nu sitt he all lang' int Olendeelshus, hett wieder nix to dohn, as ut de lange Piep to smöken, mit den krummen Finger an't Wederglas to kloppen, sin Fienbrod von'n Bäcker to haln un in'n Gaarn den Porre to begeeten un to behacken. Denn darin söcht he sin Ehr, de dicksten Porrestangen to hebben, un dat Weder een' Dag fröher to bestimmen as de annern kloken Lüd. Wat sünst in de Welt geschüht, geiht in'n groten Bogen an em vörbi.

Herr Henry Dankers hett dat ok gar nich hild. He is in teemlich junge Jahren bi den Kaffeehannel to Vermögen kamen un hett sik hier in Hogenklint to Ruh sett. As he sin Nerven mal mit lange Tallenreegen, Bilanztrecken un spansche Korrespondenz up de Söcken bröcht harr, keem he mal so tofällig nah Hogenklint, un da smeck em dar Röhrei un Schinken so schön as nümmer in sin Leben, un as he da noch dree Bars in de Beek füng, da stünn' dat fast bi em: Hogenklint.

He keek rüm as de Adbar nah de Poggen, un toletz füll em Andrees Brügmann sin ruge Buschkoppel in't Og. Dar stünn' Eeken un Böken, Ellern un Barken, dar leeg en Mergelkuhl, wo he sik licht'n Karpendiek ut maken laten kunn, un de Beek met de Bars löp daran vörbi. He klopp bi den Buern an un frög, wat de Buschkoppel kosten schull. Andrees füll' dat binah lächerlich, un üm blot wat to seggen, förder he twintigdusend Mark.

Up den Kaffeehannel verstünn Herr Dankers sik gründlich, un en halwe Penning mehr oder weniger speel en grote Rull. Awer up de Landspekulatschon verstünn' he sik as de Oß up de Biwel, un as he den Buern sin ehrlich Gesicht seeg un sin' Snack hör, dat Land weer funn' för dat Geld, un wenn he dat nich wull, müß dat nahblieven, da säd he ja un bu noch densülwigen Sommer en Villa.

Von den Ogenblick seeg de Buer den Börger nich för vull an. »He is sünst en orndtlichen Kerl, awer weltplietsch is he nich. Wi Buern sünd veel klöker, un eher he sik recht besinnt, hebbt wi em dreemal begriesmult.«

He beslöt awer, so'n Stadtminschen, den dat Schicksal as'n strandten Schipper up dat Land smeeten harr, en beten ünner de Arms to griepen un em mit Rat un Dat bitostahn.

Un dat däd he ok würklich. He hölp em, de Buschkoppel in en würklichen Park ümtowanneln. He säd em, welke Böm falln müssen, un leet se em sogar för dat Holt dalhauen. De jungen Ellern un Barken müssen stahnblieven, dat se ok mal en Platz an de Sünn' kreegen. He hölp em bi den Höhnerhoff un besorg em'n Stamm schöne Höhner, dörtig Stück, Kopp för Kopp blot'n Daler. De Hahn weer ganz echt un kost twee.

As den Koopmann sin Fru mal an'n schönen Sommerabend mit en Bok in den nien Park spazeern güng', füng' ehr lütt witte Terrier mit 'nmal an to huln un to jaukern. Un da würr de arme Fru en schreckliches Undeert gewahr, binah so grot as en Hasen, ganz un gar vull von spitze Stacheln. Se weer binah in Ahnmacht fulln. Tom Glück seet de Buer vör sin Dör up de Bank, un da klag se em dat Unglück.

De Buer harr en stramme Köksch, de müß nu röwer un den Swinegel in de Schört ut den Park haln. Darför kreeg se en lütte Anerkennung von twee Mark. Merkwürdigerwies fünn' sik den ganzen Sommer lang noch ümmer wedder Swinegels an, obgliek Johanna, as se säd, ehr ümmer wied wegdrög.

Dar bleev denn wieder nix öwrig, as de Park müß mit en enges Drahtgitter inrahmt ward'n.

Dat Leben up'n Lann' is doch nich ganz so billig, as man sik toerst inbilln deiht. Den tweeten Sommer stelln sik noch annere Tiern in den Park in. Dat weern lange, rode, gräßliche Wörms. De Buer säd, dat weern Metten, un up sin' Rat müß en Kerl in warme Sommernachten, wenn de Smuttelregen baben Kopp höll, mit en Lücht in den Park spazeerngahn un de Metten in en Putt sammeln, he nehm för sin Arbeit blot'n Penn' för so'n ekelhaftes Tier. Nahher verköff he se wedder an de Anglers. So flög he twee Fleegen mit een Klapp.

De Buer müß ok sünst noch nah'n Rechten sehn, Nagels in de Wand hauen, Tügliens anbinn', freche Bettlers mit rutsmieten usw. Darför weer de Kopmann em denn wedder up annere Art gefällig. He leet em ümsünst de Zeitung mitlesen, he schenk em, wiel he nu mal Kaffeekenner weer, aff un an fiev Pund von en schöne Sort, he mök em de swaren schriftlichen Arbeiten un fünn' an em en gedülligen Tohörer von sin Reis nah Brumsilln.

Den Kopmann güng' dat nämlich genau so: He seeg den Buern ok nich för vull an un dach, he müß em, wenn he vör en swaren Lebensknutten stünn', mal fix ünner de Arms griepen, dat he gar nich erst tom Koppheisterscheeten keem.

So mutt dat ok in't Leben sien. De ole Luther hett ok all von true Nahwers snackt, un en plattdütsch Sprickwort heet: Een Hand wascht de anner.

Nix awer bringt de Minschen mehr tosam as dat Unglück: Ganz an de Feldscheed leeg en teemlich groten Diek. Dar müssen abs'lut Fisch in sien. Un wiel keen Minsch Anspruch darup harr, beslöten de beiden Nahwers, dar mal to angeln. Dat Glück keem ehr to Hölp. Up den Diek leegen tein dicke Dannbööm, de en Timmermann sik dor upspart harr. Se weern dör Latten to en Flott tosamnagelt.

An en warmen Julidag möken de beiden sik up den Weg, waden nah dat Flott un fung'n heel schöne Bars. In ehrn Iwer marken se awer nich, dat en Gewitter upsteeg. Un eenmol keem en Windstot, un nu würd'n de beiden Kerls jawoll de Segels up dat Schipp, un de Wind dreev dat Flott meern up den Diek, wo se nich mehr grünn' kunn'.

So müssen se merrn up't Water en stark Gewitter beleben un sik bet up de blanke Hut nattregen laten. Tom Glück dreev gegen Abend en Kohheer mit sien Köh in de Neeg vörbi. Den röpen se an üm Hölp. Nah en Stunn' keem en Buer mit twee Peer. De smeet ehr en langen Binnelreep hen un tröck dat Flott mit de Fischers so wied an de Kant, dat se rut waden kunn'.

In den Diek weern tom Unglück noch en Barg von de echten Blotiln. De setten sik an de Fischers ehr Been un möken jeden üm en halv Pund Blot lichter. Un denn de Angst darto!

Siet de Tied sünd de beiden Nahwers sik noch mehr togedahn un gaht binah jeden Sünndagnahmiddag tosam spazeern, de Buer mit en swarte Kippsmütz un de Börger mit den griesen Zylinner, un de Lüd seggt denn: »Süh, de Klock is veer, Hot un Mütz gaht ut.«

Lat de Lüd man snacken!

Dat grote Prieskegeln.

Dat weer en heel gemischte Gesellschaft, de dar tosamlopen weer, ole Kerls un junge Lickers, Spittelfixen un Bachusse, de öwer tweehunnert Pund mit sik rümdrögen, Riesen, de ut de Dackrönn' eeten kunn un verwossen Dwarks, de sik binah för Geld harrn sehn laten kunnt. Am meisten müß man sik wunnern, dat so veel Lüd all an'n Maandagmorgen nix Beters to dohn harrn.

Gliek an den ersten Vörmiddag smeet en Smid ut de Stadt 39 Holt.

Dat weer den Weert nich recht, un he harr nu veel to reden un to stüern, dat he de Lüd man ranhal.

Dat würr noch twintigmal smeeten, erklär he woll den Dag hunnertmal.

Awer dat dröp an de ersten fiev Dag nich in. De 39 stünn' ümmer ganz alleen up ehr eensam Höchde. Den Smitt koß dat en arigen Hümpel Geld; denn jeden Dag müß he ja gegen Abend mal nah'n Rechten sehn un tom Sluß müß he ümmer en Runn' för all de Kegelers un Japsnawels utgeven.

Endlich keem de letzte Dag ran. All fröhmorgens füng' dat Boßeln an. Dat hör sik as en Gewitter ut de Fern an, dat nich voröwer gahn wull. Gegen Middag weer dat Kegelhus all vull von Minschen. De grote Vördeel stünn' vull von Fahrräder. Twee Kellners un dree Mätens harrn genog to dohn, all' de Gäst to versorgen. De Gäst harrn keen Tied, sik an'n Disch to setten; se vertehrn ehr Beer un Botterbrod in'n Stahn.

Up eenmal würr dat still.

»Wat is dar los?«

»Dar hett jemand öwersmeeten.«

»Wer denn?«

»Ik glöv en Grönhöker ut Barmbeck, veertig hett he smeeten.«

Awer de bleev ok nich an't letzte Bott sitten; denn so üm Kaffeetied weer Een mit 41 dar un noch darto en Herr, de garnich veel kegelt harr, de also nich mal to de Zünftigen un Vullberechtigten tellt würr.

Gegen Abend stünn' de grote Dörchfahrt stiev vull Wagens. De Husknech harr veel to dohn all' de Peer in'n Stall ünnertobringen.

In de grote Gaststuv harrn sik all mehr as en Dutz von de Kegelers torüggtrocken un verdrünken ehrn Grull in Beer un Wien.

»Up so'n Bahn lett sik keen reelle Kugel smieten.«

»Mi schient, dat geiht öwerhaupt nich mit rechte Ding' to.«

»Dat is ok min Snack; min letzte Kugel harr wenigstens acht verdeent, eben so god as de annern; awer se is mit söß affklappt. Tru eener de Kegeljungs un de Schriewers.«

Up de Kegelbahn weer gegen Abend de Feldslacht up de Höchde kamen. All' de Böhnhasen, Blangbilöpers un Fuschers müssen torüggstahn. De olen bewährten Helden harrn alleen dat Wort, un ehr Kugeln reden en harte Sprak.

Wenn jemand in'n ersten Worp blot söben smeet, so bölk he den Schriewer to: »Weg! – frisch!« Denn mit söben kunn he blot sin' Satz utschänn', wenn de annern ok noch so god weern.

Se harrn Rock un West von't Ledder trocken, Ringkämpfer ganß un gar.

Een keek den annern scharp up de Fingern. Keener dörf mit de Kegeljungs snacken un sik nich mit de Schriewers dörch de Fingersprak verstännigen. Ok an Eeten un Drinken würr nich mehr dacht.

Abends Klock tein smeet en grote Meister mit scharpe Ogen un en langen sekern Arm 43 Holt. Da würr dat still as in de Kark. Blot de Unparteiischen bröken ut Wehldag in en »Hurrah« ut.

Kort darup smeet en lütte Discher von de Waterkant ok 43, un höger kunn dat keen Minsch bringen.

Klock elben weer dat Kegeln ut, un nu güng' dat Affkegeln los.

Erst beraden se sik lang'. Toletz würrn se sik eenig. Se wulln sik nich lang' affmarachen. Jeder schull blot dreemal smieten un denn schulln de Kegels tellt warrn.

Nu würr dat wedder heel still. Awer dat Spill weer bald to Enn'. De Meister smeet veeruntwintig un de Discher fievuntwintig. Liekers mök de Meister keen verdreetlich Gesicht. De Beiden weern sik nämlich all vörher enig worrn: se wulln den Kram tosamsmieten un sik den Scheel deeln.

De Sieger awer kreeg nu en groten Kranß üm de Schuller, den de Kegelklub »Rummelputt« stift harr, un twee handfaste Kerls drögen em von de Kegelbahn in de Gaststuv, wo he nu 138 Glas Beer utgeven müß.

Dat beste Geschäft awer mök de Slachter, de den Ossen un dat fette Swien von de Siegers för en billigen Pries köff. Dat Geld deeln se sik in de Nebendönß un geben sik de Hand, wenn't mal wedder so keem, denn wulln se dat wedder so maken.

Schad, de groten Prieskegeln würrn all in dat nächste Jahr verbaden.

Mdam Maaß ehr beste Stuv.

Mdam Maaß ehr beste Stuv kreeg ümmer dree Spraken to hören. Sünnabends würr plattdütsch snackt. Denn mök Trina, dat Husmäten ehr »gründlich«. Wenn ehr denn de Nippsaken up den Sofa-»Umbau« dörchenannerrasseln un en paar griechische Näsen un römische Arms von dat Schicksalsrad drapen würrn, denn heet dat ümmer»dat olle Schiet«. Un wenn de Notenstänner ümfüll' un dree Bläder ut dat Schumann-Album in de Leeder von Löwe rutschen, denn hör man wedder: »dat olle Schiet!« So weer dat ja nich to verwunnern, dat de Papagei Lora, de dar in de Eck in sin Trallenbur huk, ümmer reep: »dat olle Schiet!« sobald Trina sik man sehn leet. »Swieg still, du Aas, sünst dreih ik di de Kehl üm!« un darbi sus em denn de Feudel üm de Ohren, dat he up sin Stang' an to trampeln füng', mit de Ogen Fratzen sneed un een öwer dat annere Mal schrie: »Wacker Lora!«

Nah en Stunn' buck Mdam Maaß in de Dör: »Na, Trina, büst du noch nich farrig? Nu kiek, du ole Söhltasch, de Klavierbeen sünd noch ganz dreckig, de Sesselong steiht scheev, un up den Seelänner kann man je in all den Stoff schriewen. Jedesmal kann ik mi an den Swienkram argern. Du weerst wert, dat ik di den Feudel üm de Ohren slög.«

Wiel de beste Stuv wieder nix von de plattdütsche Sprak to hören kreeg, kunn se sik nich anners denken, as dat se man en hundsgemeene Sprak weer.

Awer Dingsdags un Freedags keem de Klawierlehrer Herr Zimmerer, de snack blot italljänsch. Denn klüng' dat prezioso, maestoso, piano, pianissimo. Dat letzte Wort harr Wacker Lora blot von all de annern beholen, awer nich ganz. Jedesmal wenn Herr Zimmerer in de Dör keem, fleut de Vagel: Nissimo! Denn beet sik Fräulein Trese Maaß in de Lippen, üm dat Lachen to verkniepen; denn Herr Zimmerer kunn denn de Ogen grad so verdreihen as Wacker Lora.

Sünndagsnahmiddag awer, wenn de Slötel »Quietsch« seggt harr, denn keemen dree, veer, fiev, söß Damen rin, un denn würr blot hochdütsch snackt. Awer von all' den hochdütschen Quatsch hett Wacker Lora sik nix anners markt as »Suggarr!« Wenn de Zuckerschal up den Disch stünn', denn güng' em de Besinnung weg. Denn pranß he solang, bet Mdam Maaß in ehr sieden Kleed answeeven keem un em en Stück dalfalln leet. –

Dat Klawier harr Mdam Maaß sülben köfft; denn ehrn Mann, de ganz unmusikalisch weer, tru se dat nich to. As de Klawierverköper mit de Hand up en Instrument to dusend Mark wies, da lach he. As he een to 1350 anslög un von »vorzüglicher Tonfülle« an to snacken füng', da säd he: »Na, ja, für gewöhnliche Leute, so Lehrers und kleine Beamte mag es ja ganß nett sein, aber wir . . .«

»Bitte, bitte, hier ist eins zu 1800 Mark, fast das beste, was ich augenblicklich stehen habe.«

Dat köff se, wiel dat in de Farv to Sofa-Umbau un de annern Möbeln paß, un smeet em twee brune Lappen hen. Vör Schreck öwer den lichten Hannel harr he binah vergeeten, ehr twee blage Zettels wedder ruttogeben.

Baben dat Klawier hüng' en Jagdstück: Dree Hirsch springt dörch de Jägers ehr Fröhstückslager. Dat weer nich blot malt, nee, dat kunn en blinne Minsch sik mit de Fingern rutgrabbeln; dumendick treeden de Figurn rut. Dat harrn de Jagdpächters ehrn Mann, den Vörsteher Hans Maaß tom föftigsten Geburtsdag schenkt.

Baben de Dör un neben den Aben prangen grote Breder mit Brandmaleree. De harr Trese so bilütten to Geburts- un Festdag ranmalt. Ehr Mudder awer säd, üm de Sak noch en betern Anstrich to geben, dat weer Rembrandt-Maleree.

Ik kunn noch'n ganzen Barg von Mdam Maaß ehr beste Stuv vertelln; awer ik mutt mi beiln, dat ik up den dramatischen Punkt kam.

Dat weer an een' von de letzten Sünndag vör Ostern. Trese weer insegent worrn.

Nu stünn' se ganz alleen in de beste Stuv un tell un sortier all' de Glückwünsch, Breef un Korten. De hageln man so rin. Alle Stunn' weer en Postbad dar un bröch en ganzen Stapel, 168 weern nu all dar, sogar dree Telegramme. Vör ehr stünn' dree Schalen. Dar smeet se de Dinger rin. Se deel de Minschen ok, wie se dat lehrt harr, in dree Klassen, vörnehme, Mittelslag un Huschnusch. Wat füll' Trina denn in? De harr ehr 50 Penn för de grote, bunte Kort man sporen kunnt. Trese steek ehr bautz in'n Aben.

Up den annern Disch ünner't Spegel stünn' un leegen all de Geschenke: acht gollen Broschen un söß ut Sülwer, tein Fingerring', veer Halskeeden, 23 Kasten mit Breefpapier, 9 Albums, 38 Taschendöker, 6 Gedichtalbums, 8 Handtaschen, 5 Portmoknipps, 45 Stickerien för Kragen, Manschetten un sünstwat, 51 Schachteln mit Schokolad un Bontjes.

Flink steek se sik een' in de Mund, beseeg sik noch mal in't Spegel un sett sik denn an den Klimperkasten. Denn se müß notwennig dat nie Andante noch mal dörchöven, dat se in de Verdauungs-Virtelstunn' nah den Kaffee tom Besten geben schull. Dat olle Stück stünn' awer in Es-Dur, un wiel dat As ehr bether unbekannt weer, so hau se ümmer vörbi up A, un dat klüng' denn ümmer so komisch. Se tröst sik awer darmit, dat keen von de Tohörers dar en Haar in finn' würr. Un Herr Zimmerer dörf hüt nix seggen, garnix.

Klock veer seeten 15 Damen an den Kaffeedisch in de beste Stuv. In de Wahnstuv nebenan drünken ebenso veele Herrn.

Acht verschieden Kokensorten würrn in't Gefecht föhrt, un wenn en Stapel to sacken anfüng', würr he upfrischt.

De Disch mit Geschenke würr ümmer vuller. Dar keemen nu ok all Schoh un Steweln un ganze Kleeder toplatz. Besonners de laden weern, kunn' sik doch nich lumpen laten.

As de Paster von sin Kaffeetaß upstahn weer un sik dünn' makt harr, würr de Unnerholung luter. Blot eenmal würr dat noch still: as Trese ehr Andante in Es-Dur, mit A as Gast, to Gehör bröch un dree von ehr Scholfründinnen en Blomenreigen mit melodramischen Inslag upföhrten.

De beste Stuv kreeg hüt ok en veerte Sprak to hören. Dat weer de missingsch, en Mischmasch von Hoch- un Plattdütsch.

As de Fruenslüd mit de nien Pelzmoden un de Mittel gegen Tähnkrankheiten beennigt harrn, güng' se ok as de Herrn to de

Landwirtschaft öwer, un da vertell Buer Stampmöllersch: Mit unse brauen Teubge ihren Süger haben wir Pfeich gehabt, weil er kuhhäßlich ist. Mein Mann sagte gleich, daß der Baumstamm wohl nicht recht ist. Se wull nämlich seggen, se harrn mit de brune Töt ehrn Süger Unglück hatt, de weer kohhessig, wahrschienlich weer de Stammbom nich echt.

As sik de Sellschop en beten verpeddt harr, güng' de grote Abendmahltied an. Dat gev fiev Gäng', awer de weern so gewaltig, un dat Nödigen harr keen Enn', dat jeder so satt würr, dat em mit Hülp von de besten Wiensorten binah de Ogen tofülln un de Ohren puttdicht möken, dat keen Minsch nah Unkel Heinsen sin' Toast henhör. Se wüssen ja ok all' Bescheed: Wenn dat Stichwort: »In diesen Sinne erhebe ich mein Glas«, denn müssen se all mit en vergnögte Min upstahn un mit dat Ehrenkind un de Öllern anstöten. Twee Stunn' duer de Mahltied. Am suersten awer harr Herr Zimmerer dat, he harr dat Eeten mit Adagio un Furioso, mit Märsche un Leeder to ünnerholen.

Abends Klock tein keem Fräulein Trese mit rode Ögen rinslieken un tuschel ehr Mudder in't Öhr, se harr de nie Brosch von Tante Gustewel mit de dree roden Steen, as se mal nah buten west weer, verloren.

Ehr Mudder wull dat Mallör vertuschen; awer Tante Gustewel harr mit ehr scharpen Öhren alles hört, jammer ümmerto: O, das feine Brosch! un weer binah beswiemt.

Klock elben kreeg Herr Zimmerer en Stellvertreder. Von'n Lünkenhoff weer de junge Verwalter dar, de wüß dat Klawier ebenso god to haltern as en städsches Peerd.

Mit sin groten Fingern hau he all de niesten un toletz de olen Slagers rünner; denn bi de letzten kunn' de Herrn mitsingen: »Hein Lehmann hett dat dahn, Hein Lehmann hett dat Finster mit den Fot inslahn« un »So lang' de Buk in de West noch paßt, wird keine Arbeit angefaßt«.

Bi Nummer dörtein träd richtig dat Unglück in. Von dat fürchterliche Dunsen un Trampeln up den Fotborrn reet de Kramp ut de Wand un dat Jagdreliefbild sus hendal un flög mit en fürchterlichen Spektakel up dat Klawier. Mozart harr schierweg den Hals braken, un Bethoven harr de Hälfte von sin schöne Mähn verloren. Bald darup würr ok de Vagelbur ümstött. De Papagei fluster un kriesch rut, grad as Trina mit en nie Ladung Grog rinkeem. Von all de Hitt weer ok de Kökendor apen, un so keem de Vagel nah buten. Dar nehm em de grote swartunwitte Katt warm in Empfang. Dat nütz em nix, dat he noch en paarmal »Wacker Lora« un »Nissimo« schrie. Se sus mit em üm de Eck un bröch em üm.

Den annern Morgen stünn' Trina dat Husmäten alleen in Mdam Maaß ehr beste Stuv un mök vör luter Lachen ümmer as de Soldaten up'n Kasernhoff Rumpbögen un strecken, dat de Papagei weg, dat Bild von de Wand folln, de Fotborrn vull Schramm' weer, as wenn de Jungs up't Is Strittschoh lopen harrn, un de beste Stuv utseeg as de Bod von en Oldköper.

Wiel se nich lud lachen dörf, stünn' ehr de Tran' in de Ogen, un dat weer man god; denn Mdam Maaß keem ok grad rin un füng' mit an to ween', so dat se nu tweespännig föhrn kunn'. Se lang' in de Tasch un geev de gode, mitleidige Seel en Fiefmarkstück.

95

De linnen Kittel.

Hans Jochen Elvers weer Daglöhner bi den Buervagt Jürn Beckmann in Hackelshusen. He drög Sommer un Winter en groten, langen Kittel ut Hempenlinnen. Jedes tweete Jahr leet he sik von den Snieder Schurbohm en nien maken. De Knöp neih he sik awer sülben in, mit'n Pickdraht, den Snieder sin Prünkram höll' em nich genog. De Knöp harr he sik sülben ut ganz hardes Sahlenledder sneeden. De Kittel wög netto 11½ Pund; wenn he awer to't Plögen loströck un alles in de söß Taschen gehörig verstaut harr, sin Piep mit Füerstahl un Steen, Tabaksbüdel, 11 Sneeden von't grote Buernbrot (dree to Fröhstück, fief to Middag un dree nahmiddags), en Hamer un en Hand vull Nagels, en Taschenmeß un en groten Hupen Bandwark – en gehörigen Nötbüdel, awer keen Taschendok, nee, Taschendok bruk he een för allemal nich – denn wög de Kittel achttein Pund, vull. En bestimmte Farv harr he nich; awer he weer imprägniert, dat heet, dat Wort imprägniert weer damals noch nich erfunn'; he weer mit en Smeer ut Liem, Schellack, Pick, Öl, Aalfett un sünst noch allerhand insalvt. Deshalb blinker un gneeter he so as en sieden Kleed von en fiene Dam.

Wenn de Lüd em in'n Winter wegen sin' linnen Kittel uzen, wies' he em von de Binnensied, un denn keem en dickes wullen Ünnerfoder to Platz, un uzen se em in'n Sommer, denn säd he ganz drög: »Wat god för de Küll is, dat is ok god för de Hitt!«

Den Kittel kennt wi nu ja von buten un binn'; nu will ik blot noch von eenige Lüd vertelln, de em nich öwer den Kittel uzen.

As de Jagdpächter, en Kopmann ut Hamborg, mal up de Höhnerjagd weer, steeg en swares Gewitter up, as wi't in'n September noch mennigmal belevt. De Büsch un Böm hölen nich mehr dicht; denn üm Jehanni dreiht sik dat Blatt up'n Bom, as de Buer seggt, un in de ganze Runn' weer keen Hus un nich mal en Kohheershütt to sehn. Da süht he Hans Jochen dar an'n Knick stahn, un Hans Jochen süht den Herrn dar so verlaten stahn. Dat leiht un bullert un de Sturm smitt all mit de ersten groten Druppen. Da winkt Hans Jochen den Herrn: »Kamen Se hier man her to mi, sünst beholt Se keen' drögen Faden an't Lief, un de Stewel regent ok noch vull.«

Darmit snitt he ut en Hasselnbusch dree, veer Staken un Stütten, stellt se as de Soldaten ehr Bajonetten tosam un deckt den Kittel daröwer: »So, Herr, nu krupen se man rin, oder wüllt se leewer vörnan sitten?«

Dat weer em eendohnt, he kröp flink rin, un freu sik, as he nah en Dreeviertelstunnstied wedder drög rutkrupen kunn. –

Enmal middags as de Buervagt en fette Swiensripp affgnawwelt harr, wull he Polli, dat weer de Stubenhund, de ümmer bi em weer un nachts up sin wullen Pampuschen vör't Bett leeg, den Knaken geben. Awer Polli weer nich dar.

»Fritz, rop Polli mal rin.«

Fritz kunn Polli nich finn'.

»Franz, gah du mal rut un lock Polli mal!«

Franz fleit söbenmal up'n Finger, awer he keem ahn Polli wedder.

»Greeten, seh du mal nah, wo Polli is, di hört he beter.«

Greeten röp fief Minuten dörch de hollen Hänn'; awer Polli leet sik nix marken.

»Wo mag denn de verflixte Köter affbleeven sien; he is doch mit mi nah de Kleewerkoppel west?«

Nu güng' dat Söken los. Toletz fünn' de Lüttknecht Krischan em in'n Knick.

»Polli sitt in'n Knick in en Hasensneer; he jault gräsig; awer wenn ik em anfaten will, wiest he de Tähn' un will mi bieten.«

So bilütten stünn' se all' bi den Hund rüm; awer keener harr den Mot, den wütigen Köter antofaten, de Buervagt ok nich.

»Wat makt wi darbi? rop Hans Jochen mal, dat is ja den Hund sin beste Fründ.«

Von Hans Jochen wull de Hund awer ditmal ok nix weeten. Awer Hans Jochen tröck sin' Kittel ut, smeet em pardauz öwer den Hund, dat he em nich bieten kunn un mök em da ut de Sneer los. –

Enmal abends wull de Deenstdeern in de Schün de Kalwer streuen. Se smeet Stroh ut de Luk up de Grotdeel. As se wedder von de Hillledder hendal steeg, störr se mit ehrn hölten Tüffel an de Lücht, de se an de Ledder uphung'n harr. De olle dummerhaftige Lücht füll' in't Stroh, dat Licht trudel rut, un in en Ogenblick stünn' de ganze Dutt Stroh in hellen Flammen.

Tom Glück keem Hans Jochen ut de Grotdeel von dat Hus un wull nah sin Kat gahn. As he de Deern schrien hör, löp he flink hen, seeg dat Unglück, besünn' sik awer nich lang', smeet den Kittel öwer dat Füer un pedd em mit sin breeden Föt noch gehörig dal, bet de letzte Funken ut weer: »Süh so, du olle Flus', dar harrst uns bald den roden Hahn up't Hus sett; nu gah man hen un lat di von den Buern en paar in't Gnick geben un bedank di!«

De Buervagt stünn' ok all dar, em bewern de Been ünnern Lief. He säd blot: »Gott Loff un Dank, dat dat so affgahn is!«

De Deern kreeg garnix in't Gnick; awer Hans Jochen kreeg to Wiehnachtabend en nagelnien Kittel. Knöp weern dar nich in un imprägniern müß Hans Jochen em sülben.

De Piepenkopp.

De Buer Hasselmeier wahn in de Eck von 't Dörp, in »de Hörn« nennt man dat dar. De Steendamm reck dar nich mehr hin. Ol Hasselmeier wull ok keen' Steendamm hebben; he müch sik nich mehr verännern. Ein ganzes Gewees tüg ok darvon, dat he sik nich mehr verännern müch. Nu weer he awer dod, un sin Söhn Andrees weer Herr up den Kram.

Langsam pedd sik en Mann lank de Strat un bög na de Hörn rin. Dat weer de Oldköper Hirschstein ut Hamborg. Man kunn't nich seggen, op he Christ oder Jud weer, op he veertig oder sößtig Jahr old weer, op he Geld har oder en armen Slucker weer.

De olen Hüser uppen Lann' besöch he jahrut, jahrin, snücker in alle Ecken rüm un köff' ole Kleederschappen un Stöhl, Schirms mit Fischbeenstangen, Tassen un Tinntöllers, sülwern Halskeeden un Namdöker, bruken kunn he alles un jedes. Bi den olen Hasselmeier weer he mennigmal west; awer de wull nix verköpen, he wull sik nich verännern.

Nu awer, as he dod weer, stell sik Hirschsteen wedder in. Un nu stünn' he bi den jungen Herrn Andrees up de Deel vör de Hackelslad.

De Hackelslad weer fröher en Drahkist weest, en Kleederkuffer. Nu würrn de Peer dar ut fodert. Up dat Vorblatt von de Lad weer en wunnerschöne Snitzerie ut Rahmen un Ranken, Engelsköpp un annere Figuren, Bokstaben un Tallen ut dat vörige Jahrhunnert. Awer trotz ehr Eekenholt harr de Lad bannig leeden, besonners bi't Peerfodern.

De Oldköper awer wull ehr liekers bannig gern in de Wull un böh den Herr Andrees slankweg dörtig Mark.

»Nee, ünner föftig Mark kümmt se nich weg.«

»Bester Herr Andrees, wie kann ich geben fuffzig Mark vor die alte Kist. Bedenken Sie doch, verramponiert von außen und innen.«

Na, he kreeg se toletz doch för veertig Mark, un jeder glöv, dat he en godes Geschäft makt un den annern öwer't Ohr haut harr.

Nu güng' se rin nah de Dönß, üm up den Hannel en beeten Fröh-
stück to eeten.

Den Oldköper güng' de Ogen apen. Hier kunn he alles bruken,
den olen witten Aben mit de blau bemalten Kacheln, dat fiene
Teeschapp ut Zuckerkistenholt, all de Rosentassen un sülwern Lee-
pels, dat Mangelholt an de Wand, en paar ole Biweln mit mischen
Owerfallen.

Awer Tied laten, hüt hannel he blot noch up en Meerschumpiep.
Ob dar denn keen sülwern Deckel to weer?

»Ja,« meen Andrees, »de leeg woll noch wo rüm, vellicht in een
von de Schuven von dat Schapp.«

Ja, ahn den Deckel kunn he de Piep nich bruken. So müß Andrees
denn an to söken fang'n. He nehm de ganze Schuv rut un stülp alles
up'n Disch um. Mank all den Kuddelmuddel fünn' sik denn ok
toletz de Piependeckel.

Een Deel awer steek den Herrn Hirschsteen doch mehr in de
Ogen. Dat weer en witte Piepenkopp, de mit dree Köpp bemalt
weer. Dat weern de dree Siegers von de Völkerslacht bi Leipzig, de
Kaiser von Osterriek, von Rußland un Friedrich Willem, de König
von Preußen. Se weern awer nich blot upmalt, se leegen sogar hoch
up, dat nenn' de Oldköper Relief. Alles weer noch schön erholen,
blot de Kaiser von Rußland harr en beeten von de Näs verloren.

De Piepenkopp weer wenig jünger als de Sieg öwer Napolium un
heel selten un wertvoll. Liekers läd de Oldköper em wedder in de
Schuv. He wull sik blot nich verraden.

Nu güng' dat up't Hanneln üm de Meerschumpiep los. De Old-
köper müß von dree up veer, von fiev up söß Daler stiegen. Awer
de Herr Andrees höl de Ohren stiev un bleev bi twintig Mark.

Toletz müß he denn in den suren Appel bieten. Na, denn wull he
de twintig Mark vull maken, awer den annern Piepenkopp mit de
hilligen dree Könige wull he tohebben.

Na, denn wull de Buer ok mal schelant sin, un he slög in.

He betahl sößtig Mark, steek Piep un Piepenkopp in de Tasch, un
de Lad würr to Wagen böhrt un nah'n Bahnhoff föhrt.

Den annern Dag weer Herr Hirschsteen all bi den Herrn Direktor von 't Gewarvmuseum. He weer een von sin ständigen Gäst un wüß, wenn he am besten to spreken weer.

»Na, Sie Allerweltskerl, was haben Sie denn heute für uns?«

»Ja, Herr Direktor, diß un das, eine alte Lade, alt Eiche, von siebenzehnhundert und Kruk, ich glaube sechsundachtzig, gut erhalten.«

»Kostenpunkt?«

»Einhundertzwanzig.«

»Nicht billiger zu machen?«

»Keinen Happen.«

»Na, ich werde sie mir ansehen.«

»Und was ich noch sagen wollte, Herr Direktor, so'n Pfeifenkopf von die Dreikaiserschlacht bei Leipzig, gut erhalten, Relief, ist der was wert?«

»Dreikaiserschlacht? Der Oesterreicher, der Preuße und der Russe? Donnerwetter, den suche ich ja schon lange. Zeigen Sie mal her, Sie Spürnase.«

»Das ist leicht gesagt, Herr Direktor, erst muß ich ihn haben, Verkäufer sehr steifnackig, was kann ich bieten?«

»Na, denn bieten Sie ihm mal zwanzig Mark.«

»Schön, werd' ich machen.«

Den veerten Dag klopp de Oldköper wedder bi den Herrn Direktor an de Dör.

»Na, haben Sie ihn?«

»Nee, bester Herr, noch nich, Fuchs hat Unrat gemerkt und will ihn nicht fahren lassen.«

»Um welche Unsumme wollen Sie mich denn bringen?«

»Unter hundert Mark will er nicht losschlagen.«

»Ach was, dann bieten Sie mal fünfzig, höchstens sechzig; aber erst will ich ihn sehen.«

Wedder güng' mehrere Dag hen. Da keem de Oldköper mit den Piepenkopp in sieden Papier antoböhren un vertell mit de ehrlichste Mien von de Welt, dat he em mit Hängen un Wörgen for tachentig Mark köpen kunn.

De Direktor beseeg em dreemal, schöv em weg un lang' em doch wedder her.

De Oldköper säd garnix. He mök grad so'n Gesicht as en Angler, de den Heek all seeker an de Angel hett.

Toletz willig de Direktor in, un de Oldköper weer so god to Mot as siet lange Tied nich.

As he dat nöchste Mal wedder in dat Dörp weer, gev he den Buern mit dat fründlichste Gesicht en Daler un vertell em, mit den Piepenkopp harr he en schönes Geschäft makt. Da harr he fief Mark för kreegen, twee darvon müß he doch för sin Loperie hebben.

Dat lüch den Herrn Andrees in. So'n Ehrlichkeit weer em noch garnich vörkamen.

Un der Oldköper hett de Daler nich argert, denn nu wüß he, dat he den olen Aben, dat Schapp ut Zuckerkistenholt, de sülwern Leepels un de Rosentassen un all de annern Kram mit Hüen un Perdüen ok noch kreeg.

Über tredition

Eigenes Buch veröffentlichen

tredition wurde 2006 in Hamburg gegründet und hat seither mehrere tausend Buchtitel veröffentlicht. Autoren veröffentlichen in wenigen leichten Schritten gedruckte Bücher, e-Books und audio-Books. tredition hat das Ziel, die beste und fairste Veröffentlichungsmöglichkeit für Autoren zu bieten.

tredition wurde mit der Erkenntnis gegründet, dass nur etwa jedes 200. bei Verlagen eingereichte Manuskript veröffentlicht wird. Dabei hat jedes Buch seinen Markt, also seine Leser. tredition sorgt dafür, dass für jedes Buch die Leserschaft auch erreicht wird.

Im einzigartigen Literatur-Netzwerk von tredition bieten zahlreiche Literatur-Partner (das sind Lektoren, Übersetzer, Hörbuchsprecher und Illustratoren) ihre Dienstleistung an, um Manuskripte zu verbessern oder die Vielfalt zu erhöhen. Autoren vereinbaren direkt mit den Literatur-Partnern die Konditionen ihrer Zusammenarbeit und partizipieren gemeinsam am Erfolg des Buches.

Das gesamte Verlagsprogramm von tredition ist bei allen stationären Buchhandlungen und Online-Buchhändlern wie z. B. Amazon erhältlich. e-Books stehen bei den führenden Online-Portalen (z. B. iBookstore von Apple oder Kindle von Amazon) zum Verkauf.

Einfach leicht ein Buch veröffentlichen: **www.tredition.de**

Eigene Buchreihe oder eigenen Verlag gründen

Seit 2009 bietet tredition sein Verlagskonzept auch als sogenanntes "White-Label" an. Das bedeutet, dass andere Unternehmen, Institutionen und Personen risikofrei und unkompliziert selbst zum Herausgeber von Büchern und Buchreihen unter eigener Marke werden können. tredition übernimmt dabei das komplette Herstellungs- und Distributionsrisiko.

Zahlreiche Zeitschriften-, Zeitungs- und Buchverlage, Universitäten, Forschungseinrichtungen u.v.m. nutzen diese Dienstleistung von tredition, um unter eigener Marke ohne Risiko Bücher zu verlegen.

Alle Informationen im Internet: **www.tredition.de/fuer-verlage**

tredition wurde mit mehreren Innovationspreisen ausgezeichnet, u. a. mit dem Webfuture Award und dem Innovationspreis der Buch Digitale.

tredition ist Mitglied im Börsenverein des Deutschen Buchhandels.

Dieses Werk elektronisch lesen

Dieses Werk ist Teil der Gutenberg-DE Edition DVD. Diese enthält das komplette Archiv des Projekt Gutenberg-DE. Die DVD ist im Internet erhältlich auf **http://gutenbergshop.abc.de**

MIX

Papier | Fördert
gute Waldnutzung

FSC® C083411

Zeitfracht Medien GmbH
Ferdinand-Jühlke-Straße 7
99095 Erfurt, Deutschland
produktsicherheit@kolibri360.de